U0533768

THE MYTH SERIES

重述神话

重述神话系列图书(The Myth Series)，由英国坎农格特出版社(Canongate Books)著名出版人杰米·拜恩 2005 年发起，委托世界各国作家各自选择一个神话进行改写，神话的内容和范围不限，可以是希腊、印度、非洲、美国土著、伊斯兰、凯尔特、阿兹台克、挪威、《圣经》或其他国家和民族的神话，然后由参加该共同出版项目的各国以本国语言在该国同步出版发行。它不是对神话传统进行学术研究，也不是简单的改写和再现，而是要根据自己的想象和风格创作，并赋予神话新的意义。

已加盟的丛书作者包括诺贝尔文学奖、布克奖获得者及畅销书作家，如简妮特·温特森、大卫·格罗斯曼、玛格丽特·阿特伍德、多娜·塔特、齐诺瓦·阿切比、密尔顿·哈托姆、伊萨贝尔·阿连德、迈克尔·法布、何塞·萨拉马戈、阿尔贝托·曼戈尔、A.S. 拜雅特、卡洛斯·富恩特斯、斯蒂芬·金以及中国作家苏童、李锐、叶兆言、阿来等。这是一场远古神话在当代语境下的复苏。这是一场世界范围的联合行动，通过对所涉及各个国家和地区的远古神话的现代语境下的重述，赋予其新时代的意义，寄托更深刻的文化和生存内涵，对现代人们在物质膨胀、精神匮乏的时代里产生的精神家园的缺失给予疗伤，通过神话的重述，让人们产生文化认同感和民族国家意识，更有利于世界的稳定和区域的健康发展。

神话是代代相传、深入人心的故事，它表现并塑造了我们的生活——它还探究我们的渴求、我们的恐惧和我们的期待；它所讲述的故事提醒着我们：什么才是人性的真谛。

For Malcolm and Nicola Wood

献给马尔科姆和尼古拉·伍德

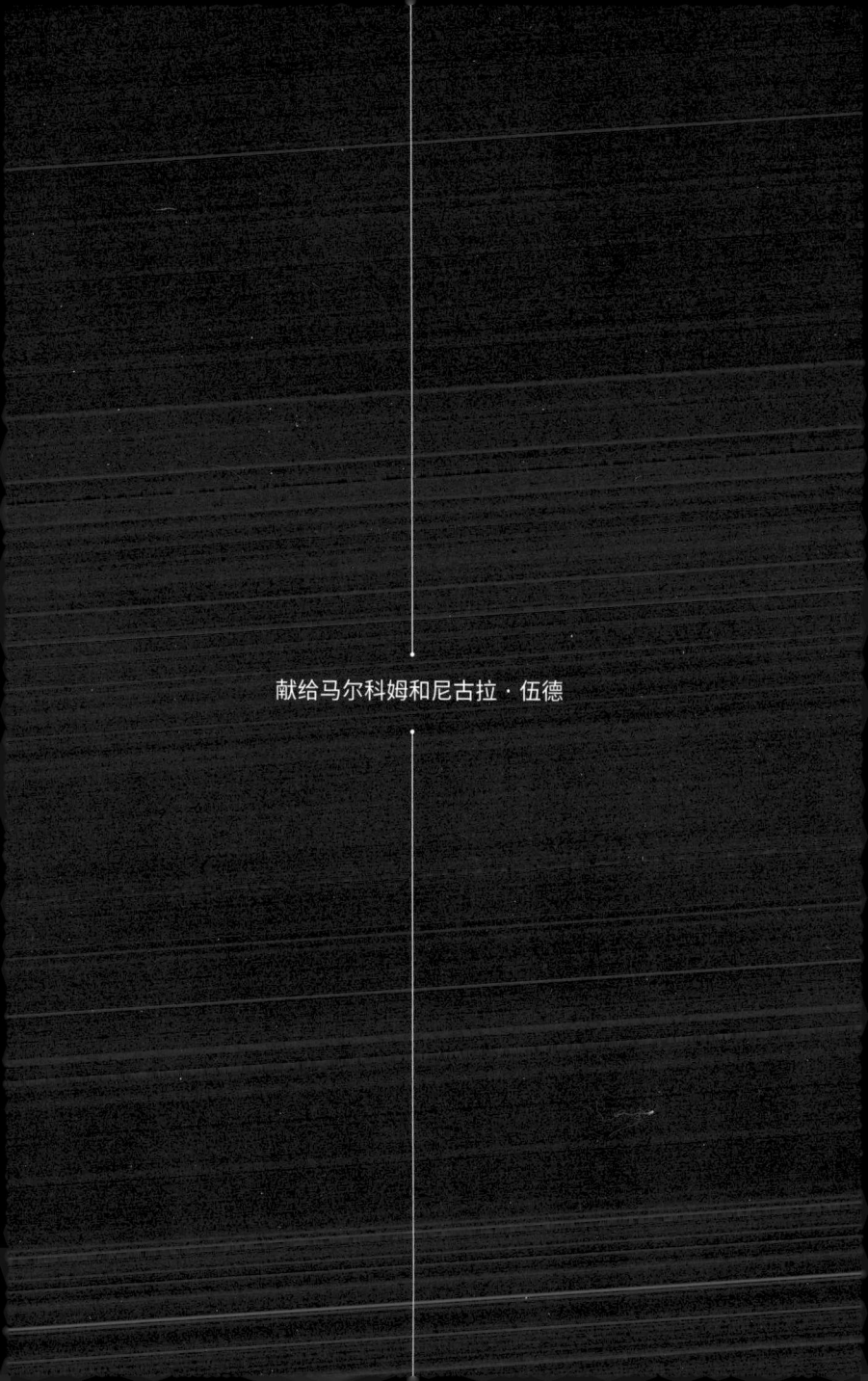

DREAM ANGUS

ALEXANDER MCCALL SMITH

呓语梦中人

THE CELTIC GOD OF DREAMS

凯尔特神话中梦神安格斯的故事

[英]亚历山大·麦考尔·史密斯 著 陈黎 译

重庆出版集团 重庆出版社

夜晚，安格斯来到你的梦中，其实正是他的到来才带给了你美妙的梦。

你或许只见他掠过石楠，但你可知道装梦的袋子他时刻带在身边，因为他是梦神——梦之给予者。

你只需与他目光相接，便会坠入爱河，因为他是爱神——爱的使者。

前言
INTRODUCTION

　　这个故事是安格斯神话的重述，安格斯是在爱尔兰和苏格兰广为流传的凯尔特神话中的迷人形象。安格斯是梦的施予者，是爱神厄洛斯，是青春之神。我们从爱尔兰神话中认识了他，也在凯尔特的苏格兰遇到了他。他是一个温和的形象——英俊而快活——现代时期他不仅让诗人叶芝写下《流浪者安格斯之歌》，而且促成了轻快活泼的摇篮曲《梦神安格斯》的产生。

　　在这个版本的安格斯神话里，虽然我随意地对原来的神话作了一些改动，但还是尽量保存了安格斯生命中的重要人物，我们通过爱尔兰神话资料认识他们，尽管这些资料绝非详尽。因此我想象了他母亲波安的样子；我还用特殊的方式阐释了他父亲达格达的性格，并且把达格达名字前的定冠词去掉了；我假设波特波有些专横。纯粹主义者可能会反对我的做法，但神话是活的，面临被重述的命运。同时，需要提醒读者，如果想阅读未被21世纪篡改的中世纪版本，它们仍在，并且可以找到。我们必须记住，那些年代较早的版本本身也是口口相传的神话改写本，在形成过程中不断地被润色和糅合。神话是立在阴影之上的一片云，阴影随风而动。

人神共存的凯尔特神话是一个丰富和令人着迷的世界。它信奉平行宇宙的观念，真实世界和彼岸世界。真实世界里有彼岸世界的标识——土丘、小山和湖泊——神话的处所经常和现实地理特征相连。但是它不尊重时间概念，尽管后来的爱尔兰英雄传说宣称故事发生在历史的某个特定时期。安格斯属于故事的早期形态——人类只有懵懂记忆时期的故事。

重述安格斯的故事时,我用一系列相关的故事把他带进了现代社会。这些故事主要发生在现代的苏格兰。安格斯这个角色,在每一个故事中可能都是若有若无的,但是在每一个故事中又都有这个角色的存在。不同于有些神话人物,安格斯没有做特别的道德或说教工作:他只是涉及梦与爱——对人们来说这两样东西总有它们的神秘之处。安格斯让我们和梦接触——奥登在他关于弗洛伊德的诗歌中为我们美妙地描述了那些存在,夜里的生物正等待着我们,渴求我们的认可。但是安格斯做得更多：他代表青春和激烈的爱，这些经验我们在年轻时曾拥有过，当岁月爬上额头，我们仍然试图回忆它们。年龄和经验可能让我们冷静和谨慎，但是我们体内总有一个安格斯——那做梦的人。

亚历山大·麦考尔·史密斯
2006年

目录
CONTENTS

10
前言
Introduction

16
水精灵
There was water

24
他的孩子在她体内生长
His child grew within her

30
过去是过去，现在是现在。但他始终在
That was then; this is now. But he is still here

40
安格斯的童年
The childhood of Angus

46
我的兄弟
My brother

58

安格斯发现他的父亲不是他的父亲
Angus finds out that his father is not his father

66

另一男孩发现他的父亲不是他的父亲
Another boy finds out that his father is not his father

86

安格斯对猪好
Angus is kind to pigs

90

那里有适合猪的地方吗
Is there a place for pigs there

108

我梦见你
I dream of you

140

史密斯作品列表
A List of Smith's Works

水精灵

There was water

故事发生在爱尔兰，但是它也在苏格兰流传。那时，事情发生的确切地点并不重要，毕竟爱尔兰和苏格兰只是被大地和海洋隔开，人们在两地间来来往往，是兄弟和姐妹。大地本身很美，山坡绵延到海边；冰冷的绿浪打在礁石上，礁石是大地尽头的标志。也有岛，岛上有连绵的白沙滩，白沙滩后面是沙质低地，低地由草甸构成，草甸上长着黄色和蓝色的花儿，小小的花儿。

当时，神随处而居，他们和人生活在一起。然而，有些神有自己的处所，有时他们非常强大，像达格达。他是最了不起的神之一，他的族人栖居岛上，岛在世界的尽头，在那里只能看见一片海蓝色和海那边的西方。他们骑着云彩来到爱尔兰，住了下来。达格达是他们中的一员，他是善神，他有无比的神力——大锅中装有取之不尽的食粮，大棒一下子就能打死许多人。但是，通常他对人很友好，而且他用大棒的另一头可以让那些人死而复生。他有丰饶的水果树，一年四季都能结出水果；他有两头非凡的小猪，一头总在被烧煮，而另一头总在长大。

关于达格达和他的事迹，有很多传说。这个故事说的是他如何成为安格斯的父亲，以及安格斯如何赢得每个见到他的人的喜爱。从许多方面来说，达格达最大的成就便是给了我们这样一个好孩子，这个孩子把梦带给人们。小鸟和人类都同样爱他,一直到现在。因为梦神安格斯如今还在晚上来到,把梦给你。你看不见他正在做的事,但也许你会发现他掠过石楠树,身边带着装梦的袋子,只要你看他一眼,就足以让你陷入爱河。因为他也是爱的施予者,爱神厄洛斯。

为什么达格达,这个伟大而有力的神,勇士的首领,有这样一个儿子呢?人们也许会想,这样的神肯定应该生一个有军事才能的儿子,而不是让人坠入爱河的梦神和使鸟儿着魔的家伙啊。为了理解安格斯的温柔,我们必须介绍一下他的母亲。她是水精灵,名叫波安。水精灵们是温柔的;她们的儿子是英俊的,又有幽默感;他们闪闪发光,敏捷地跳动,正像所有元素中最顽皮的水一样。

波安住在一条河里。这河是那些时大时小的河之一。某些河段,河床变得很宽,人们可以不湿脚踝地走到对岸。另一些河段则是深不见底的水潭,水色如泥炭,里面游着活了很多很多年的鳟鱼,它们有关于水和鱼的大智慧。有些河段,水既不深也不浅,对水精灵来说,这儿是居住的好地方。

波安就住在这样的地方。她害羞,水精灵们一向是害羞的,很有可能你正好走过她的住所,却完全看不见她。你能看见的可能只是水面的一朵涟漪，或者听到"扑通"一声，像水獭或别的小动物潜入水中的声音，微小到不足以让你转动一下脑袋，更不会想去深究。

波安是温柔的，即使雨后河面涨高，她住的地方也总是平静的，因为她用轻风般温暖柔和的呼吸平息了水面。她也很善良，当一个圣人走到河边询问他能不能躺在水里时，她欣然同意了。她给他拿来了一些蜂蜜，让他吮吸蜂房，直到把蜜全吮干了，只剩下一些蜂蜡。

这个圣人累了；他吸完蜜后就躺在水中睡着了。他的脑袋沉到了水下，但他不会被淹死，众所周知，圣人能够生活在水下，而常人则不行。她守护他，使他在水下也能平和地呼吸。

到了早晨，圣人还在。波安向水下望去，看见他睁着眼睛，正盯着她。她叫他，清澈的水中，他慢慢地升到水面，然后使劲抖了抖头发，猛地浮出水面。她又给了他一个蜂房，他又把它吸干了。然后他再一次沉入水底。

有时，圣人在水下待一整天；有时，他从水里冒出来，沿着小路散步。他会和田野里劳作的人们聊天，赐予他们他的祝福，他们回报以食物。他们都知道他生活在水下，但他们尊敬他，不去那里打扰他。他们也知道波安在照顾他，所以他们不需要为他做任何事，只要在他对他们说那些他们不太能听懂的事情时，礼貌地听他说就行了。

圣人给波安讲了很多故事。这些故事主要围绕着他的童年和他养过的一只白狗。这只白狗有一颗勇敢的心，做过很多好事。有一天它跑了，圣人再也没有见过它，尽管有时他能听见它在远处的吠声。波安听了很多这样的故事，圣人每次讲述时在小的细节上都有变化。有时这只狗戴着金领，有时戴着皮领。有时这只狗捉到一只野兔，有时它会去追捕一头鹿。波安耐心地倾听所有的故事，偶尔在晚上她会梦见一只白狗，她相信这只狗就是圣人童年时的那只狗。

波安很高兴圣人住在她的河里。她知道当地的人已经见过他，她知道和他们在一起他是安全的，但她不想让任何一个神知道他的存在。毫不稀奇，神会嫉妒圣人，或者想占有他，她可不想让任何人杀了她的圣人，或者把他从她的河里带走。假如哪个神来到这片土地，波安就会告诉圣人待在水下，直到她告诉他可以安全地出来。她还弄了个铃铛，一发现神来了，就摇响它，以此警告坐在岸上或在田野里散步的圣人回到水里去。

当然啦，波安非常美丽，虽然没有几个人见过她的美貌。最终达格达听说那条河里住着一个美丽的水精灵，就决定去看看她的美貌是否像传说中那样惊人。他拿起他的大棒，向那条河出发。太阳高高地挂在天上，他的影子很短。没有人知道达格达要来了，因为他就是风，他就是雨，他就是天上的云。达格达就是爱尔兰，而爱尔兰就是一切。他也是苏格兰以及苏格兰之外的土地。

他到达那条河时，瞥见波安正坐在岩石上。她对着圣人唱歌，圣人刚从水里出来，在太阳下晒头发。达格达停下来聆听波安歌唱，多么美妙的歌声，如流水潺潺。于是，他立即嫉妒得要死，他决心一有机会就杀掉这个圣人。

波安要去另一个地方看她的丈夫埃尔克玛。她没想到神可能正在监视，她没有想到达格达。

达格达看见波安动身了，他鼓起腮帮，吹了一阵风送她起程。他等着。现在周围没有人了，不会有人看见他的谋杀行径。他放下大棒，大步跨到河边，向水下望去，只有那个圣人，眼睛朝上盯着他，正纳闷是谁胆敢扰乱他的静修。

达格达大笑。一个圣人哪里是他的对手。他把手伸向水里,巨大的前臂只激起了细小的波浪,短粗的手指抓住了水下的圣人。达格达把圣人从水里拽出来,摇撼他,把他高高举在空中,就像一个人捉住了一条鱼,高高举起好让人欣赏。圣人无法呼吸。他的四周是天空,更多的天空,他挣扎,他喘息,他虚弱的喊叫被一阵疾风所淹没,那疾风正是达格达的呼吸。没有用的;他淹没在空中,就像鱼在空气中会死去一样;死后他的眼睛圆睁,就像鱼死后的情形一样;而且他的皮肤变成了鱼鳞,闪闪发光——银色和金色的光,就像刚从淡水里捕捞起的鳟鱼的鱼鳞。圣人的尸体被达格达抛向远处,在空中翻了个筋斗,掉了下去。

达格达穿上了圣人死去时从身上滑落的衣服,随后钻进水里，沉到水下，把自己的脸和头发装扮成了圣人那样。他等待着波安归来。

第二天黄昏，她回来了。在她为晚上做准备时，达格达静静地躺着，等星星出来，四周肃静时，他用圣人的嗓音从水下叫她。波安从她的芦苇床上起身，在黑暗中涉水渡河，来到圣人的居所。此时，显现了真实面目的达格达正等着她的到来，他把她抱在怀里，她立刻就受孕了。波安暗中高兴，因为她已经爱上了达格达。但是她又担心，当她的丈夫发现她与这强有力的神有染后，会怎么想呢？幸运的是，她的丈夫被达格达派了个远差，而且这九个月的时间还被冻结了——其间波安将给达格达孕育一个孩子。

可是，达格达并没有打算和波安在一起。他已经结婚了，不得不回到妻子身边。他走时的笑声如此之大，人们惊醒了，害怕了，以为是打雷了。

他的孩子在她体内生长

His child grew within her

达格达用这种手段欺骗了她，波安的心里充满了愤怒。好几天她都躺在河里嘤嘤哭泣——她为这个神带给她的羞辱而哭，她也为圣人而哭，她从谋杀的目击者那里听到了圣人的命运。她爱过圣人，她怀念他逍遥的陪伴和时常重复的童年故事。但她知道很快她要有一个孩子，这个孩子会陪伴她，填补失去朋友的损失。所以，她就没有悲伤很久。

她去见她的丈夫，他在一个偏远的地方。她发现他站在山谷入口处的一块岩石上，一动也不动，一只手臂举起，好像要指向某处；但是这个姿势没有完成，因为达格达把他冻住了。波安和他说话，称呼他为她的丈夫，他却没有反应。甚至她对他喊叫着说，她被达格达占有了，他也没有反应。似乎他所有的感官都睡着了，没有什么可以唤醒他。

波安把埃尔克玛带回她的河，把他放在田野边。人们在晚上供祭食物给他，把食物放在他一动不动的脚边。第二天食物不见了。人们指着那儿说，这表明埃尔克玛吃过东西，尽管他只在夜深人静时才进食。实际上，食物是被硕鼠吃掉了。它们每天晚上经过那里，高兴地发现了一处好的食物源。本应该能看见这一切的只有埃尔克玛本人，而他什么也看不见，因为他的眼睛不能动；不只是瞳仁，还有眼球内的肌肉，眼皮。什么都不能动。

波安感觉到达格达的孩子在她体内生长。她没生过小孩,她觉得这次体验新鲜而令人兴奋。日子一天天过去,她的身子越来越重,于是很少离开她河里的居所。平时她在水里行动敏捷,鱼儿很提防她,现在它们泰然自若地游向她,不眨眼地盯着她看,鱼儿在水流里慢慢游动,观察她。有些鱼给她带来从深水下找到的食物,轻柔地拱到她手里,等她抓到食物才游走。波安很感激,她记住了帮助过她的鱼儿的名字,写在她随身携带的本子上。

生产的时间到了,她慢慢地从水里出来,躺到岸上。鱼儿从河里默默地观察她;一大群鱼儿聚集在一起,它们惊奇地凝视着躺在天空下的她,她正望着蓝天,阳光洒在她的头发和眉毛上,金子一般。

四周鸦雀无声。然后她大叫了一声,安格斯就出生了。在那个时刻,一大群落在附近树上的鸟儿冲上云霄,在清晨的天空中盘旋和俯冲。在河里,鱼儿急促地游来游去,有些鱼儿还跃出了水面,在空中画了一个半圆,重新跳进水中,溅起很大的声响。

安格斯蓝色的眼睛看着波安。她温柔地吻他,以一个母亲所有的柔情把他抱在怀里。她知道这孩子将被爱滋养,也将把爱带给所有看见他的人。她知道这个。她希望整个世界都看见他,分享她的骄傲,但她知道这是不可能的。她不得不把他藏起来,如果达格达听到她为他生了儿子,一定会把他偷走。她为他做了一个篮子，用附近的灯芯草做了一个小摇篮。它就漂浮在河边，安格斯在摇篮里睡觉时，波安总在一旁守护他，从不走远。她的丈夫因为被施了魔法还处在昏迷中，但已经开始显示出轻微的生命迹象——这里的肌肉抽搐，那里的肢体不易察觉地动弹；微小的迹象暗示他不会永远沉睡。

现在，发生了一些奇异的事。其中之一便是婴儿的小脑袋被五颜六色的小鸟环绕。这些鸟儿从灌木丛和树林那儿飞来，轮流环绕着睡在摇篮里的安格斯。起初波安担心它们会打扰婴儿的睡眠，想把它们赶走，但是她发现鸟儿没有影响到婴儿，甚至鸟儿歌唱时安格斯都在酣睡呢，于是她不再驱赶它们。

还有一些事发生了。人们开始做生动的梦。一个女人住在离安格斯出生地不远的地方，很多年来她渴望生一个孩子，但是一直也没有。她和她的丈夫在其他方面都很富有，她却一直不育。她开始梦见有了一个孩子，每天晚上这孩子都来她的梦中，每天晚上都长大一点，从小到几乎看不见，长到了正常婴儿一样的大小。她把这些梦讲给丈夫听，他笑着说："那是一个梦宝宝，根本不是真正的宝宝。"但是她知道不是么回事，每天晚上她都知道会在梦里与宝宝相遇，照顾他。然后有一天晚上这个梦宝宝对她说:"我要出生了,母亲!"她醒来时身边有一个婴儿,就是在她梦里出现的那个宝宝。

"别把这事说出去,"她的丈夫警告她,"若你对别人说这是一个梦宝宝,他们不会信你。"

这个女人对此保持沉默,没人知道这个婴儿是这样降生的。但他们知道她很快乐。

尽管波安处处小心不让达格达听说安格斯出生的事,消息还是不可避免地传到了达格达那里。安格斯出生后没几天,达格达从他的手下那里得知波安编了一个摇篮。此人看见她在河岸采摘编摇篮用的灯芯草,立刻向达格达汇报。达格达笑了。"我有儿子了。"他说。

达格达从他的房子里蹑手蹑脚地走出来,手中握着大棒,向能俯瞰那条河的一座小山走去。他藏在一棵大树后面,从远处看去他的大棒无非像多长出来的一根树枝,他的头发则像是树叶。他在那里站了整整一天,直到波安从河里出来,暴露了安格斯藏身的地方。

达格达等着。天空中有云,有雨;沿着山坡有黑色的牛群在移动;高高的草丛里有一只鹿;从西边飞来的天鹅在河面低飞。达格达没有动。

终于,波安从水里出现了,唱着那首她喜欢唱给安格斯的歌。达格达从山上注视着她走到安格斯摇篮的隐藏之处,注视着她把安格斯从摇篮中抱到怀里。达格达双眼闪亮,咆哮着从树后走出,大踏步从山坡上下来,将安格斯从他母亲怀里抢走。波安和他搏斗,但她是水。她请求达格达不要带走她的孩子,但是她的请求不过像河水蜿蜒流过石子时发出的声音。她向他的丈夫求救,但她求救的对象不过是一个不在场的人,或者说一个死人。她嘤嘤哭泣,当安格斯在她的视野中消失时,她的泪水已如落在地面的细雨一般。

安格斯被拐走后,波安的丈夫从长眠中醒来。他睁开眼睛环顾四周。对他来说,这天和往常一样,似乎他只不过睡了几分钟而已。他看见他的妻子,向她微笑。他看见安格斯睡过的摇篮,心想这不过是妻子在他睡着时编织的篮子。

波安观察他。他什么也不知道,她也不能告诉他。她为失去孩子而哭泣,她美丽的孩子啊,但是她不能让丈夫看见她的眼泪。她的丈夫为妻子的悲伤而困惑,但他想她肯定是做了噩梦——这样的事不稀罕,他知道人们从噩梦中惊醒时是会哭的。他抱住她要安慰她,但她是水。

过去是过去，现在是现在。但他始终在

That was then; this is now. But he is still here

他的双手环抱着她，温柔地，满是爱意，这是拥抱之时。

"睡了？"他说，"我看到在渡船上你闭上了眼睛。离天空岛还有一半的路程，你睡着了。我看见了。"

她笑了："天很暖和，船上闷得透不过气。那些船怎么会没有窗子呢？"

"没人希望冬天有窗子，"他说，"这就是原因。"

她坐在床边，用手抹平床罩。有人精心地在这亚麻布上刺绣，用细密的针脚绣出图案。它肯定年代久远了，只有那时候人们才有闲暇做这种事。她环顾房间：他们的旅行箱——被这小旅店的店主拿进来放在窗边东倒西歪的架子上，窗子，以及窗外小岛上的绿色山丘。和他，和这个她认识但又不真正了解、现在是她丈夫的男人待在这里似乎很古怪。

她站起身走到窗边，凝视外面的小草坪。草坪边上，在旅店的院子和小岛上的单行道之间，有一处干堤坝，它是由粗糙的石头干砌的石墙，长着苔藓，屹立于岁月的风吹雨淋之中。一股拧着的电线上夹着几缕羊毛，任风撕扯。她的目光继续徘徊，越过那条道，飘向远处的田野——田野的尽头是一片沙丘，边缘只是草地上斑斑点点的沙块，向前伸展成完整的沙地，直到海湾。

他和她并排站在窗前，向外看。她感觉到他的胳膊抵着她，他的体温透过她的外套传递进来。他说："晚餐前我们去那儿散散步吧。还有时间。你不是很累吧？"

"当然不了。"她从旅行箱里拿出一件毛衣，套在头上。一瞬间，她只看见羊毛的黑色，接着她的脑袋从脖领儿露了出来，她看见他正注视她。她脸红了，这就是婚姻亲密生活的一部分：穿衣脱衣，照镜子，下意识的动作，都会被看见；不再有隐私。

他们离开房间，穿过走廊向大门走去。这家旅店是牧师住宅，不大——不过六个卧室、一个餐厅和一间通向大堂的客厅。店主和他的妻子在客厅里，他的妻子把晚餐的菜单放进皮制封套，店主正弯着腰往壁炉里添火。虽然是夏季，室内的晚上却冷得需要生火。他们经过时，他抬头微笑着看了看他们。

室外，旅店四周有一群小房子，房后是小山，落日正低垂在小山之后。海鸥在天空中飞舞，有几只落在墙上，它们的叫声尖利刺耳，如抗议一般。他握住她的手，一起走过那条路，翻过路那头的篱笆。现在他们来到了沙质低地上，风从大海上来，混合着碘、盐和荆豆花那椰子般的味道，那些荆豆花就在田野里盛开着。

他们爬过低低的沙丘，一起向下走到海滩边。他从满潮线那儿拾起一串海藻，把它从一团纠结的绳子上解了下来。海滩上散落着做网箱的圆木、浮木以及晒白的贝壳；还有海洋腐质。他将手中的海藻旋转成一个弧形，然后把它抛向空中。她捡起一只贝壳，吹去上面的沙子，现出复杂的花纹、脊背和光泽。还是小女孩时，她吹着蒲公英，每吹一口代表一个字母，她要嫁的那个男人名字的字母，这男人将要带她走出家乡的狭隘和束缚。她扫视了他一眼，他的头发被风吹乱了，她心想，自始至终都是他。

他们沿着海滩的退潮线走着，退潮处的沙地仍然潮湿，但是脚下逐渐坚固。四周无人，海面也没有船只，什么都没有。她说："一直过去就是美国了。那边。一直过去就是美国了。还有加拿大。"

他跟随她的视线。"是的，"他说，"爱尔兰在那儿往南一点儿——就是那儿。还有格陵兰岛，我猜。"

"我觉得有点儿冷，"她说，"我们回去吧？"

"好啊。"

她看着他。她想，这一切之中最让人惊讶的是这纯粹的异己性。他是另外一个人；他不是我。他身上有一部分，有一部分使他是他的东西，那是我永远不可能了解的，永远不可能触摸到的。某种我无法命名的东西。灵魂？不。好吧，也许是。不管它是什么，都不是我的。如果我要求他说出一个关于他自己的秘密，将会如何？并不是特别的，只是一个他永远不会告诉别人的秘密，永远。我们每个人都至少有一个这样的秘密吧。至少一个。想到这里她笑了。如果他问她同样的问题，她会说什么呢？她做过什么或想过什么？她想做什么或想什么？假如她允许自己那样的话。

穿过沙质低地和那条路返回的途中，她在想刚才那个问题。出现在他们眼前的是旅店的白色轮廓。它高高的窗户截住了黄昏最后一缕阳光，映射出空旷辽阔的天空，一抹微蓝和银白的天空，凹凸不平的行车道上铺着砾石，填补了被雨水冲出的坑洼。空气中有种不容置疑的泥炭味，让她想起了家庭假日——童年时，他们全家从古罗克旅行到威廉堡近郊，从附近的小农舍里飘出来的就是那种味道。

"蜜月小两口。"餐厅里一个中年妇女低声说，这话被他们无意中听到，她的脸就红了。他们坐在了自己的桌边，他朝她咧嘴笑，他们都避免去看议论他们的那张桌子。这很难，因为餐厅里只有六张桌子，她终于望向它，对那个女人笑了一下，那女人则害羞地对她微笑。

这旅店的烹饪享有盛誉。晚餐将尽,亲自下厨的店主穿着白围裙走出厨房,和每一个人谈论他们刚用过的晚餐。然后他们去了客厅,里面摆好了咖啡和切好的小块苏格兰软糖羹。她拿起一本杂志翻阅,他在和其中的一个客人谈论钓鱼。这个男人去过当地所有的湖泊,他对哪种假蝇钓饵适合哪里的湖水了如指掌。对她来说这是很枯燥的对话,过于男性化,她专心阅读手中的杂志。但是,她发现自己还在思考,万一他确实有一个秘密呢?他会告诉我吗?我想知道吗?

他们没待很久。其他客人已回自己的房间了;有人在楼上走动,震得客厅的天花板吱嘎作响;这是一幢老房子。他们的房间在远离夕照的一侧,晚上屋子很冷,她脱衣服时直发抖。"我们别拉窗帘吧。我喜欢这儿晚上的光线。俄罗斯人是怎么说的?白夜?"他站在窗边说,"我想去散一会儿步。你想去吗?"

她已经上床了。她感觉很累,有些昏昏欲睡。她摇了摇头。"你去吧。"

"我真喜欢天黑下来,而又不是特别黑的时候。风静了。外面非常安静。"

"你去吧。"

他出门后,她关了灯,闭上眼。她想,这样的空气让自己疲倦了吧,也许和新鲜空气有关吧。刚来到这种地方的时候,她总是感到疲倦。也许是来到这里,来到苏格兰的边境,让她感觉异样;因为每样东西都是如此不同——光线、人、天空;不同,甚至有些神奇,仿佛显著的物理环境起了作用。

她迷迷糊糊沉入了梦乡,醒过来,又睡过去,她的意识恍惚了。他回到了房间。在窗外黄昏光线的映照之下,他成了一个剪影,像一幅用明暗对比绘出的画面。他走到她的床边,向她俯下身去,他的脸紧贴着她的,她低语,咕哝,眼睛半闭,嘴唇几乎没有动地说:"你散步……"

他在她的耳边低语了什么,她并没有听清,但她感觉她听懂了,理解了。她挣扎着想醒过来,努力使自己从黑暗中醒来,但她太累了。她模糊地看见他走到房间的另一头,轻轻地,然后打开房门出去了。他为什么又出去?他才散完步回来,为什么又出去呢?

灯亮了,她彻底醒了。

"你去哪儿了?"她问。

"沿着那条路走啊,"他说,"路有几十里呢。"

"不对,"她说,"你几分钟前回来过一次,然后又出去了。"

他困惑地看着她:"几分钟前我没回来过啊。我才回来。就是现在。"

她从床上坐起来。"你进来了,"她说,"你在我耳边说了什么。我睡得迷迷糊糊的。"

他呵呵笑了:"我没有!你一定在做梦。"

"不,"她坚持说,她提高嗓门,"有一个男人。他进来了。他站在床边。我不是在说梦话。"

他终于严肃起来:"你肯定吗?"

"肯定。"

他沉默了片刻。"我把门锁上。"他转身向门口走去,又站住了,"不,我还是去和店主说一声。那个男人他长什么样?你能描述一下吗?"

她不能。"但他不是你。"她说。

他出去了。厨房的门下透出光亮,传来低语声,他想店主和他的妻子还在厨房吧。他敲了敲门,店主打开门,有些吃惊。

"哦,有什么事……"

"我们房间里来过一个陌生人。我的妻子看到他了。"

店主转身看他妻子,她一边走过来凑近他们,一边用洗碗巾擦手。她身后的水盆冒着热气。水壶在叫。

"一个陌生人吗?"她问。她带着小岛的口音,一种古老的发音,音乐般的。

他点点头。"是啊,他走到了床边。"他说,"我不在,我出去散步了。"

店主和妻子交换了一下眼神。他压低声音对她耳语了几句。

"你们在说什么?"他没有听清,但那句话听起来像是她看见了安格斯。

"没什么,"店主说,"没什么。我真的不知道。有可能是别的客人吧,你说呢?别的客人去走廊边儿上的卫生间,结果走错了门?这种事发生过,你知道。"

"一个入侵者？"他说。这是一个不祥的词；在这个地方一切都不对劲儿。

店主摇了摇头："不可能。这里不可能。不。"

他们沉默地站了一会儿。然后他说："好吧，我一会儿得把门锁上。"

店主点点头："当然。当然。"

他走回卧室。她又躺了下来，但是看上去非常清醒。他心想，这不奇怪，刚才的事挺吓人的吧。这件事发生时他不在房间里，他也为此感到自责。

她睁着眼睛躺了一会儿。他睡着了，而她躺在床上，能感觉到外面愈来愈弱的光影，好像是来自小山的微弱之光。睡意袭了上来，她逐渐睡着了，进入梦乡。

她梦见了他的秘密。

安格斯的童年

The childhood of Angus

达格达带回了他的儿子,他为怀中这个漂亮的孩子而骄傲。一直陪伴安格斯的鸟儿开始还在跟着他,可是后来它们被神的健步和大棒吓得飞走了。所以,安格斯的旅途上没有鸟儿陪着他,只有达格达的脚步声和粗重的呼吸声。安格斯不吭声;他不哭闹,仰头盯着抱他的人,他的目光固定在把他从母亲那里抢走的男人脸上。

安格斯在达格达的房子里待了一夜,他睡在厨房里,靠近那口大锅,女人们守护着不让火熄灭。她们钻进离火不远的地上的被窝前,会去查看安格斯是不是睡得舒舒服服、安安稳稳的。那一夜,每个人都做了生动的梦。早上醒来,她们圆睁着惊奇的双眼,回想着梦里遇见的事,让人吃惊的事,神奇的事。

一个女人说:"昨天晚上我梦见我到了一个地方,女人不再是男人的财产。男人待在家里,干所有女人干的重活,烧饭,打扫卫生,照看孩子——男人干所有这一切。在我的梦里女人统治国家,但她们不会袭击别人的牛群,不会毁坏别人的房屋。她们温柔地统治,就像女人。"

其他的女人面面相觑。她们都做了奇怪的梦,但没有一个如此奇妙。

达格达也做了一个梦。那天早晨他来到厨房,态度粗暴地命令女人们把安格斯送到米迪尔——他的儿了那里,安格斯将被当作米迪尔的儿子来抚养。他决定不把安格斯留在自己的家中，因为即使安格斯还是怀抱里的婴儿，他已经显示了力量。而且，达格达感觉自己受到了威胁。安格斯身上的那些魅力，他一样都没有。他意识到，随着岁月的增长，一个聪明迷人的儿子对他将是个威胁。那天晚上，达格达也做了一个梦，他梦见一个金发男童敲他的门，温柔地把他领到门外。可他一到外面，就孤单一人，没有自己人来保护他，也没有了大锅。更糟的是，他的大棒虚弱无用，变得有气无力，既不能打人，也不能威慑。这是真正的噩梦，达格达从梦中醒来，充满了恐惧和焦虑。

女人们把安格斯裹在毯子里送走了。她们一离开达格达的房子，原来离开安格斯的小鸟又都回来了，这种景象让女人们惊讶，但是并没有被吓着，因为这些鸟儿是温柔的，它们只想唱歌给安格斯听，以他的陪伴为乐。

米迪尔快乐地迎接这个婴儿。他给孩子在自己的房子里安排了一个房间，这个房间有一个窗子，安格斯在屋里时，小鸟可以守候在窗边。两个女人被派去照顾安格斯，她们的善良众所周知。夜晚，她们温柔地抱着安格斯，唱歌给他听，用那些她们自己童年时听来的老歌哄他入睡。安格斯躁动不安、睡不着的时候，她们将他抱到自己的床上，用她们粗糙温暖的皮肤环抱着他，直到他沉沉睡去。安格斯睡在她们的床上时，女人们发现自己频繁地做梦——奇怪的梦，她们醒来后兴高采烈，好像看见了只有神才能看见的景象。一个女人梦见奶牛挤出了奶油，而不是牛奶；另一个女人梦见一条河从海里倒流，海里处处是多汁的贻贝，味道甜美，像男人的拳头那样厚。

只有安格斯与她们睡在一起时，她们才会做这样的梦，这真让她们啧啧称奇。然而更奇怪的是其中一个女人发现的关于鸟儿的事。那些鸟儿夜里总是栖息在安格斯的窗口，等待他早晨出门。起初女人们以为鸟儿从不熟睡，因为它们发出细小的声音，夜里吱吱唧唧地叫着。但是后来她们发现鸟儿的眼睛闭得紧紧的，那些声音原来是鸟儿做梦时发出的声音，就像狗在梦里追赶猎物发出的嗥叫声。没人能想象鸟儿竟然会做梦。许多人会说这不可能，鸟儿的脑袋那么小，怎么能装得下梦呢？但这些女人现在可不这样想了，因为她们亲眼所见，就算这些梦是细小的，梦里发生的都是些小事情，发生在小地方——在树叶里，或者在小角落，在鸟儿小小的生命里。

安格斯长得很快，没过多久就学会了走路和奔跑。不久，他就能单独出门了，仍是一个小男孩，却能像小鹿一样灵活地跳跃过草地。事实上他可以和小鹿一起奔跑，它们一点儿都不介意他的陪伴。安格斯在那敏捷的动物身边,和它们一起轻快地在山坡上跳跃,这是一幅多么美好的景象!

安格斯没把危险放在心上。假如有危险当头,他头顶的小鸟会用尖叫来提醒他,它们甚至会向可能伤害男孩的任何东西猛扑过去,以尽力阻止危险的发生。但是多数情况下,它们无须这样做,因为安格斯身上有一种东西可以安抚危险的动物。

米迪尔养有猎狗——巨型动物,它们咆哮、嘶吼,用可怖的牙齿撕扯猎物。这些猎狗住在围栏里,就连胆子最大的猎人都不敢越雷池一步——但是安格斯不怕。一天,众人还没来得及阻止他,年纪尚小的安格斯便走了进去。照顾他的女人刚刚把头掉开一秒钟,安格斯就跑向了狗窝。

这女人看见眼前发生的事,发出一声痛苦的号叫,急忙冲到围栏门口。她向安格斯喊叫,想法引开猎狗的注意,不让它们看见安格斯。可是狗根本不曾注意她,它们跳向男孩,正要咬俯冲下来保护男孩的小鸟。女人的心脏停止了跳动,安格斯肯定要被这些野蛮的动物撕成碎片,它们在猎人能靠近之前,总是以这种方式肢解野兔的。

其实她哪有担心的必要？它们走近安格斯，就安静下来，接着就蹲了下来，趴在地上，舌头搭在牙齿上，顺从地低下头。它们呜咽着走到男孩面前，舔他的手、脚，甚至脸。狗舔得他发痒，男孩愉快地大笑起来。从那以后，每当他出现，狗就变得安静，它们最喜欢做的事便是站在他的身旁，准备和他去打猎。

他做每件事都做得非常漂亮，米迪尔为他感到骄傲，从未告诉过他，他是达格达的儿子，所以逐渐长大的男孩相信米迪尔是他父亲。他爱米迪尔，如同一个儿子爱自己的父亲。他也爱另一个男孩，米迪尔的儿子，他的兄弟——至少他认为是他的兄弟。

这男孩比安格斯年长，他也可以做很多安格斯会做的事，尽管他不能把梦带给人们，也不能引来鸟儿环绕在头顶。但他也是个好孩子，人们看到这两个男孩在一起，就评论说这兄弟俩成为好朋友可真是件大好事。这样的友情，他们说，可以持续一生，可以是巨大欢乐和安慰的源泉。

八岁时，安格斯梦见他将失去他的哥哥。他在泪水涟涟中醒来，他看见他的哥哥在那里，而自己却不在那里。

我的兄弟

My brother

它不大能算作是村庄——沿着一条通向无足轻重之地的小路，仅坐落着几幢白漆的村舍。夏天，人们来到峡谷上游的那所大屋子——住在那儿的是从爱丁堡来的富人，他们不怎么和当地人来往，但是每年都有几个月给当地人带来一些工作机会。父亲偶尔为这些人打工；有一年他帮他们修了屋顶，还有呢，他花了两个月时间修缮了通向他们最爱去的钓鱼地的那条路——路有多处被大雨冲垮了。这些大雨也使得溪水猛涨。孩子们来帮助父亲——两个男孩子；他们的工作是捡拾石头，为修路工程打造坚固的基石。孩子们把石头放在笨重的大筐里，父亲对孩子们说，他们的爷爷曾用这大筐来装鱼。孩子们在筐上的柳条间发现了鱼鳞，已死去很久的鱼的鳞。

　　他们的房子坐落在村庄的尽头，其实已经在这村庄之外了。房子盖在路边，那条路在大山脚下蜿蜒伸展。当地人不爱爬这座山，他们知道那里曾发生过一件恶事，那是很久以前的事了。1745年，詹姆斯二世党人造反时期，人们被赶出家园，苏格兰盖尔语和苏格兰短裙竟被宣布为政权的敌人。没人记得确切发生了什么，但他们知道事情发生的地点——就在那边的山上。

　　这并没有让外来的登山者和旅行者止步。他们在这个村庄里相遇，将汽车停在杂货店旁的路边，展开地图，向山上眺望，指指几处可能的进山之路。他注视着他们出发，他们向他点头示意，或者从口袋里掏出一块硬糖给他。他害羞得不敢和他们交谈，但他用毫不掩饰的热切表情注视着他们，那么天真无邪。

"看看这孩子的眼睛。"一个女人向她的丈夫耳语，他们两个都是狂热的登山人；背包因装了保暖服、三明治和酒精炉而鼓起来。

"典型的高地人。他们正是这样养育孩子的。"

他叫杰米，是弟弟，他十六岁的哥哥叫戴维。人们能看出他们是兄弟；他们有着同样明澈剔透的皮肤，同样蓬乱的深色头发，蓝眼睛与之相配——凯尔特人的标准容貌，人们说。女人们禁不住抚弄他们的头发，这让两个男孩发窘；弟弟认为自己十一岁了，不再是孩子，不可以这样被对待了；而哥哥认为年长一点儿的女人这种对待男人的方式令人羞耻。

对杰米来说，他的哥哥就是那道描绘宇宙的弧线，那富含信息的法则，那个存在的绝对理由。他想成为哥哥，却不可能；他只能拼命模仿他。他学哥哥走路，像哥哥一样把前额的头发甩到后面，像哥哥一样从小溪的水坑里舀出一条鳟鱼，脚踝深深没在炭沼般的水里，低头观察鳟鱼在水流中扭动的形状。

戴维乐呵呵地接受了这种英雄崇拜。他知道做家里最小的孩子不是件易事——家里还有两个姐姐，她们去了格拉斯哥的工厂工作，尽管这是经济萧条时期，每个人都面临失业的危机。有人说，明年，也就是1934年，情况会变好；也有人说不可能这样结束，这是腐朽制度的最后阶段，当真正的劳动者表现出自己的力量时，它便会被消灭。他们的父亲不相信这一点。

"哦，是吗？"他说，"那谁来统治呢？约克·汤普森吗？"约克·汤普森指的是任何一个普通的苏格兰人。他不可能统治一个政权或经济，他们的父亲说。

至少他们吃得很不错，比不少城里人强。在格拉斯哥，孩子们饿着肚子上床，他们的母亲说，每个晚上都如此。这里呢，至少总有鱼，在海湾里舀一桶就可以舀到；游得很快的鲭鱼，可以用盐腌，可以用烟熏，也可以吃新鲜的，还有盐水鳟鱼和比目鱼。有他们祖母家的小农场里养的羊，他们自家鸡下的蛋，他们姨妈家的奶牛产的牛奶。这里没人饿肚子，却没有钱买鞋——杰米没有一双鞋，戴维有一双父亲穿旧的，其中一只的鞋底破了洞，湿气灌了进来。"总比没有强，"戴维边说边笑着，"总比光脚丫强。"

杰米穿哥哥的旧衣服——戴维也捡别的男孩的旧衣服。他们的母亲说戴维穿衣服太费，她在把旧衣服给杰米之前，必须要缝补一下。穿旧衣不是什么耻辱——每个人都穿，甚至成年人，再说啦，为什么要把辛辛苦苦挣来的钱浪费在新衣服上呢？

这两兄弟睡一张床，那时候那地方的孩子们几乎都这样；厨房边上隔出睡觉的格子间，放一张床；一个凹进去的地方，铺着厚厚的粗纤维垫子，挂着毯子当帘子。这是个暖和的地方，因为厨房一直燃着泥炭和木头，这两样东西都很充足，假如窗子和大门紧闭，屋子就非常温暖。夏天屋里太热了，他们就把帘子掀开睡觉，好让空气流通。

戴维教会他许多。驾着父亲的划艇穿过海湾口进入开放水域，他教他如何识别水流。要想不被冲到海里去，你得注意观察某些水流。如果不小心的话，他说，不消几个小时你就可能被冲到去往爱尔兰的途中。曾有男人被淹死——兄弟俩都知道——因为看过那些葬礼，知道那些丧父的孩子，兄弟俩就是这样叫他们的，而且特别可怜他们。成为丧父的孩子意味着没有人再往他们的饭桌上端食物，不得不接受教区的救济，或者这家人会搬到别处去，孩子们在那里的农场或类似的地方也许能找到点活儿干。有些男孩最终去了法夫那么远的地方，到了那里的煤矿，流落到那些粗鄙的陌生人中，在黑暗中讨生活。如同死去一样，他想。

有一次他们在海上遇到了麻烦，他们无论怎么划都无济于事。他们被一股向深水域迂回的巨大水流越卷越远，一时间海岸变小了,波浪更加汹涌。小艇进了水,戴维一边拼命地划桨,一边递给杰米一只舀水桶;水桶割破了他的指头,伤口被海盐灼痛,但他一直舀个不停;突然间,风向变了,他们被吹回到陆地。

戴维大笑。对这样的事,他会不以为然地说:"你不会以为我会让咱们漂到天空岛吧?我知道风向会变的。我再清楚不过了。"

"你不知道。"

"好吧,我不知道。可我们没被淹死吧?没有,我们没有。"

他崇拜地看着哥哥。如果哥哥不在,各种各样可怕的事都会发生。他真的会被淹死,因为他绝对不可能划回去的。如果哥哥不保护他,他也会被人欺负的,总有那些大男孩喜欢欺负没有兄长的小孩。

"你永远都不会离开吧,戴维?你不会去格拉斯哥或别的地方吧?"

戴维奇怪地看看他:"我去格拉斯哥干什么?"

"找工作啊。"

"谁需要工作啊?我能做任何事,任何事。"戴维嘲笑说,他犹豫了片刻说,"但我不想做。"

这话让他安了心。戴维会待在这里,保护他,他们将一直住在那房子里，直到他们的父母死去和入土为安。然后他们就把房子一分为二，他住这头，戴维住那头，一生一世。他就是这么想的。

一封信改变了一切。杂货店老板也兼着邮递员的差使，一天吃过中饭后，他从路那边走过来，交给他们的父亲一封信。杰米从邮票上看出这是一封来自国外的信。"加拿大。"他的父亲说，声音里透着焦虑。打开信封前，他让儿子检查了一下邮票。"等一会儿再把邮票撕下来，"他说，"别现在弄。等一会儿。"

他的父亲走进了厨房，和他的母亲一起读信。杰米感觉他不应该和父亲一起进去；他们以后会告诉他信里的内容，当然他也会得到那张邮票。

然后戴维回家了。他在帮人家漆船，手指和前臂上都有白漆的斑点。

"有一封信。"杰米对他的哥哥说。

"哦，是吗？"

"加拿大来的信。"

"哦，是吗？"

他们的对话仅此而已。戴维要去洗手，把油漆洗掉，他倒了一盆水，用药皂搓洗。他的父亲走进房间，看见戴维就停下脚步,好像在思考什么。他看着戴维,皱着眉头,尽管并不是对着他皱眉头,他欲言又止,走出了房子。

"信里肯定有什么。"杰米说。

"当然有什么。你总不可能收到一封空白的信吧。"

他走到哥哥身边,看他往手上打肥皂,再用一只小小的木指甲刷搓洗。"这封信和你有关。"他说。

戴维放下刷子,检查他的手。油漆很难弄掉。"一封加拿大的来信能和我有什么关系?我和加拿大一丁点儿关系都没有。"

杰米坚持说:"我能看出来。从他看你的眼神,我能看出来。"

他的哥哥一言不发。

那天晚上,他们听见父母在说话。他们聊到半夜,杰米夜里醒了,他知道他们还没有睡,门缝里透出灯光,传来窃窃私语声。早晨,他的父亲把戴维叫到一边,一只手搂在他的肩膀上,把他领出了房子,他们走到后院草地上的晾衣绳边。父亲在那里和孩子交谈,手还搂着他的肩,来回踱步。弟弟在屋里观察这两个男人——他的哥哥差不多是个男人了——他看到他们经过晾在绳上的衣物,天气这么好,母亲早晨起来第一件事就是把衣服晾起来。她把孩子父亲的黑西服洗了,这是他去教堂时才穿的。西服挂在绳上,双臂伸展,一副投降的姿势。风灌进衣服,袖筒中涨满了空气,如波浪一般。

他们进了屋,他仔细观察戴维的表情。他的眼睛里有一道光,一种兴奋。

"怎么回事?"他低声问,"怎么回事?"

"嘘,"戴维说,"以后再说。以后我告诉你。现在不行。"

他等待——令人极度痛苦的等待——上午十点左右,戴维建议他们出航去海湾。放在那儿的捕蟹笼需要查看一下,如果他愿意可以陪他去。他们直接出了门。太阳照着海湾的水面。风停了下来。风平浪静。

戴维停止划桨。"那封信,"他说,"加拿大有一个表哥。你不认识他,我也不认识他,父亲认识。"

他盯着戴维,想弄清他的表情,只见他的哥哥在微笑。

"我要去加拿大,"戴维说,"我要住在那里。他们给我从格拉斯哥到加拿大的旅费。他们会安置我,这个表哥,他们要帮我在哈利法克斯找一份工作。那儿属于加拿大。"

他直瞪着周围的水面,又抬头看他的哥哥,他看见他腿上的疤,两个月前带刺的铁丝网划破了腿上的一块肉。他看见他的手指上还残留着油漆；风吹日晒使手上的皮肤成了褐色，但是仍能看见白漆的斑点。他不愿意相信刚才听到的话是真的，这么几句话难道就可以带来世界末日吗？

他说："我也要去，戴维。我和你一起去。"

戴维摇了摇头："不行，你不能去。你太小了。也许等你长到我这么大吧。也许那时可以。"

他们沉默着把捕蟹笼拉上来。蟹笼扭曲的枝条间伸出一只挥舞的爪子，黑色的柄眼，一只小型龙虾。他能感觉到眼里咸咸的泪水，他不说话了。加拿大。永远。

那天晚上，他无法抑制自己的悲伤，在厨房的饭桌上伤心地哭了。他的哥哥低下头，他的父母走过去安慰他。他把身体埋在母亲怀里，伏在她身上那件羊毛衫的衣料里，旧的羊毛已被摩擦得十分光滑。"我可怜的孩子，"她低声说，"你还会见到戴维的。这是最好的办法了。他在那里会有美好的生活。美好的生活。"

"待在这里他什么都没有，"他的父亲说，"加拿大是个很大的国家。那里一定有好机会的。这对戴维来说是最好的。你说我们会让他去别的地方吗？你说呢？"

他没有答案，哑口无言。后来，他们的父母回自己的房间了，他们两个单独待在厨房。收拾床铺时，他对哥哥说："我要逃跑。我要跟着你。"

"你不许这样，杰米。你甚至连威廉堡那么远也走不到。"

他摇了摇头。他可以试一试。

他们躺在粗纤维垫子上，格子间的帘子没有放下。他能感觉到戴维没有睡着；他的呼吸声出卖了他。在黑暗中，粗羊毛毯底下哥哥的身体只是一个轮廓；这个哥哥是他在这世上最珍爱的。他的哥哥。

他伸出手，握住戴维的手，戴维紧紧握住弟弟的手指，握紧那摸起来如此干燥温暖的手。兄弟之间的爱很深厚。

"快点睡吧，杰米，"他说，"也许安格斯会带给你梦呢。"

"安格斯？"

"梦神安格斯。你没听说过他吗？带来梦的男孩。带着梦，跃过石楠树。"

他没有说话，依偎着哥哥。"我不想你走。"他低语。

"安格斯会带给你关于我的梦，我在加拿大的梦。"戴维迷迷糊糊地说，"我会请求他的。"

杰米没有说话。他听见哥哥的呼吸——一种总是能安慰他的声音，就像大海的声音一样抚慰他。他闭上了眼睛。他梦见一个地方，那里有雪，森林向远方扩展，白雪的映衬之下，树木是黑色的。这个地方是加拿大。

安格斯发现他的父亲不是他的父亲

Angus finds out that his father is not his father

他们在草地上玩耍。安格斯是那些男孩中最强壮、最敏捷的,他是一队小孩的头儿,小队的成员在衬衫上戴着胸针作为队标。他们互相大声加油,或者因为错失良机长吁短叹,他们鼓励伙伴快快地跑,去战胜另一队。许多人停下来观赏,主要是欣赏安格斯的快速和敏捷。他们从没见过哪个男孩能像安格斯一样跑得这么快,姿态又这么优美。

安格斯是个好脾气的玩伴,但不可避免地也有失控的时刻。有一次,另一队的一个男孩粗暴地推了他,还对他说脏话,安格斯对他说:"我觉得没有人可以这样对我说话,尤其是奴隶的儿子。"

这句话刺伤了那个男孩,尽管是他本人先挑起的争斗。他直白地对安格斯说:"我本人,不喜欢一个连自己亲生父母是谁都不知道的人和我说话。"

一时间,安格斯束手无策。他站在那里,面对着那男孩。听见这些话,周围的玩伴都沉默了。没有人说话。他们知道安格斯是神,但是现在他们怀疑他是不是他们心中的那个神。

安格斯转身离开了伙伴。他没和任何人说一句话,冲出草地,向他父亲的房子走去。

米迪尔正在一个小棚子里工作,用硬木打制一根长矛。

"我的亲生父亲是谁？"安格斯问,"不是你,对吗？"

米迪尔放下长矛,转过脸对着男孩。他像爱自己的儿子一样爱着安格斯,可是面对这么直接的问题,他无法对男孩撒谎。他一直害怕安格斯知道自己身世的那天,现在这一天到了。

"不,我不是你的父亲,"他温柔地说,"我真希望是你的父亲,但我不是,你的父亲是达格达神。"

安格斯听说过达格达,因为没有人不知道他。但他不确定自己愿不愿意当他的儿子。

"我不是他的儿子。"他对米迪尔说。

"你是,"米迪尔说,"我不会骗你的。"

"那我必须找到他,"安格斯说,"我必须要回属于我的东西。"

米迪尔点头,他经常想：万一男孩发现他真正的父母是谁,他应该给安格斯什么样的建议？现在是时候了,是时候向他解释自己的计划了。他要告诉安格斯怎么把达格达骗出他的王国,拿回自己的东西。这将很有趣,他想。达格达拥有它的时间也不短了。这会很有趣——虽然达格达也是他本人的父亲。

安格斯去了达格达的住处，一个大土丘。他走来时，达格达手下的人看见了他。他们跑去告诉达格达说："你的儿子安格斯回来了。他来这儿了。"达格达没有想到，但他也渴望见到多年不见的儿子。可是他不希望他留下来，他走下大厅的台阶来迎接男孩时，就已经在想计策，如何把安格斯弄到外地待很久。他要制定出一个复杂的探险任务，他想——要能让他走得远远的，到南方去。

安格斯站在台阶下面，等着他的父亲，突然间，达格达就到了，这是安格斯自婴孩时起第一次凝视他的父亲。他还没有真正亲眼见过自己的父亲。

"我是你的儿子？"他说。

"你是的，"达格达说，"这所房子欢迎你。哦，是的。是的。"

安格斯随父亲一起进了大厅。四周站着很多人和一些小神，伸长脖子想好好看看这男孩，有一天如果达格达不在了，他很可能是他们的王。但是达格达是不朽的，所以这是不可能的。

"这是一个美丽的大厅。"安格斯环顾四周，说道。

"哦,是的。"达格达说。

"而且有很多人。"安格斯接着说。

"是的。"达格达说。

安格斯看着他的父亲。他期望能看到慈爱的表示,但是什么也没有。他看到的仅仅是一个神在眺望远处,对任何话都回答"是的"。他看着众人和小神,他们也回望他。他们的眼睛明亮——又黑又亮——他们看着他,眼都不眨一下。

安格斯转向他的父亲。米迪尔曾告诉他应该如何对达格达说话,他就按照米迪尔教他的对这神说道:"既然我是你的儿子……"

"哦,是的。"达格达说。

"既然我是你的儿子,"他接着说,"你就应该让我接管你的王国。"

达格达正要说"哦,是的",又及时打住,然后摇摇头。"这不可能,"他说,"我是救世主。是我。只有我。"

安格斯笑了,此时从大厅外传来鸟的歌声。众人和小神都警觉地抬头向窗外看去,希望看见发出如此美妙声音的小鸟;但是他们什么也没有看见,尽管他们长着明亮的眼睛。

"我只希望昼夜拥有这里。"安格斯说。

达格达看着他。他听到的是"一昼夜",心想为什么不呢?等这男孩得到短暂统治的机会之后,就可以派给他一个长期的差使,可能再也不会回来了。

达格达点点头。"是的,"他说,"哦,是的。"

这一短暂的时间内安格斯将是统治者,达格达决定离开这里去偷一些牛。这是一个摆脱责任的机会,他此刻发现自己正盼望着这次出游。

"再见,父亲。"安格斯一边说,一边从房子台阶上向达格达招手。

"明天我就回来,"达格达说,"别忘了啊。哦,是的。"

安格斯笑了。他转向众人和小神,告诉他们太阳落山后房子里将举行美妙的舞会,将有音乐和大量的美食。每个人都非常高兴,因为达格达统治时期可没多少这样的机会。事实上,一次也没有。

那天晚上,乐师一整夜都在演奏,直到破晓。他们不情愿地放下乐器,每个人都几乎在原地就睡了过去,小神混在普通人中,大家都沉醉在疲惫和幸福的睡眠之中。他们睡着时,安格斯在屋子里走动,时不时地停下来,赐予这人梦,赐予那人梦,他的恩惠非常慷慨。

第二天下午达格达回来前他们醒了。达格达大踏步向房子走去,走进大厅,发现大家都在揉眼睛,互相交谈美妙的睡眠和难忘的梦。达格达不喜欢派对,他命令所有人离开大厅,违者将受大棒重击。但是人们置若罔闻;他们只是看着安格斯,他正坐在那张平时达格达所坐的大椅子里。

"不,"安格斯说,"大家都不需要走。因为现在我是这里的主人。"

达格达看着他,直皱眉头。"你错了,"他说,"哦,是的,你大错特错。你只是一昼夜的主人啊。我只答应了你这个。"

安格斯甜蜜地笑了。即使是在这样的时刻,他的表情也是温柔的。"你答应过我,我可以昼夜统治这里,"他纠正达格达说,"既然晚上接着白天,白天接着晚上,生生不息,我将永远统治这里。不是吗?"

安格斯转向众人和小神。他们异口同声地喊道:"是的。哦,是的。"

就这样,达格达的权威被粉碎了。他离去了,一边像老人一样拖着脚步走出大厅,一边诅咒他的儿子。他去了别处,一个相当远的地方,留下安格斯掌管一切,包括他那神奇的煮食物的大锅。

另一个男孩发现他的父亲不是他的父亲

Another boy finds out that his

father is not his father

那个红头发的女人——她的名字叫金杰——说:"假如你看窗外,就是这里的窗子,我站的这个地方,你能看见威特霍恩半岛的尖尖。你能看见吗?那儿。就在那儿。"

男孩走到屋子这头儿,站到他的母亲身边。有阳光,天空无限地延伸,一片空无接着一片空无,直到几乎纯白——这并不是他感兴趣的;那种不能打动任何人的大空。他望着她指的方向。他的动作缓慢,极不情愿,他身上的每个细胞都在说:我不想做这件事。

"那儿吗?"

"是的,"她说,"那条狭长的蓝土地。就是它。看见了吗?"她强烈地感觉到身边他的存在,一个粗暴、压抑的男性存在,就像上紧的发条一样,她想。是不是十五岁的孩子都这样呢;他们都这么坏吗?一个人到底应该有什么样的品性?耐心?对敌意的漠视?一种情感的麻醉,可以帮助一个人渡过难关,直到从混乱和笨拙的茧里化蝶而出?

做母亲是如此奇怪的体验。她清楚地记得当他还是小男孩时,她有多么的爱他,他是她养育和保护的奇怪的小东西;对她来说,再没有比做他的母亲、尽母亲的职责更好的事了。那时,她愿意为他去死,无怨无悔;但是突然间,他脱离了脆弱的男童期,变成了另外一个人——还不是男人,但差不多了。这几乎是一夜之间发生的;她目睹了他的面容变粗糙,需要刮胡子了——虽然不是很经常——声音里猛烈的波动，听起来几乎是可笑的，但在他本人看来却严肃得要命；痛苦的挣扎，她想。然后，某个晚上某个可怕的时刻，她不小心弄伤了自己，却发现自己在想：我原来不再喜欢他了。我自己的儿子；我不喜欢他。

他是他们唯一的孩子，结婚四年后出生的。她三十岁结婚，海尔，她的丈夫那时已经四十多岁了。如今，海尔快到六十岁了，他的儿子却只是个十几岁的少年，海尔的同龄人身上早就没这种包袱了。他们原先住在爱丁堡，婚后不久就搬到了巴哈马。海尔是有钱人，拥有一家生产机床的工厂，他也是一系列复杂的信托事务的受益人。这些信托金都来自船运业，他说，假如极力追溯它的源头，应该是来自于那些往返于印度和欧洲间的大船。他的财富背景也和黄麻有关；那些苏格兰黄麻产业之一。那么多的黄麻，那么多的财富。

他们在巴哈马有一处俯瞰海湾的别墅；别墅有加勒比风格的阴凉的游廊和草坪。有凉亭，坐在那里可以享受岛屿高处的轻风。有派对，钢鼓乐队伴奏，戴白手套的侍者在客人中穿梭，头顶是夜晚的高空，群星闪耀，就像专门为星空下的派对铺排的吊灯。有一个网球手来参加这些派对。他是美国人，曾在田纳西的一所私立大学当网球教练，后来发生了一件事，他被迫离职。那是件风流韵事，但没人知道到底是什么。教练星期三和星期五陪她玩,海尔从屋内观看他们。他不喜欢和这么强大的对手打球,因为他发球无力,并为此而羞愧,事实上他为一切而羞愧。

她的孕期很痛苦,经常低泣。终于到了分娩那天。马克是由一名高个子牙买加医生接生的,医生有一双大手和很细的小胡子。她说他看起来总是很悲伤,甚至在他接生婴儿的时候也是。和他一起来的护士微笑着说:"基督赐给了你一个儿子,迈克奈尔夫人。感谢基督吧。"医生一句话也没有,也没有笑容。

"原谅我这么说,"一次检查后,她对他说,"原谅我这么说,罗埃医生,可是你看起来总是这么悲伤。也许我不应该问,但是为什么呢?"

他在洗手,背对着她。浓烈的肥皂味传来。还有丁香味;附近某个地方应该有丁香油。

"我有一份悲伤的工作,"他说,仍然背对着她,"治病是一份悲伤的工作,你知道。"

她系上外套的扣子。"一直如此吗?肯定不会一直如此。"

"人们一直都在死亡的路上,"他喃喃地说,"我们每一个人。我们都要死的,迈克奈尔夫人。富人要死。穷人要死。每一个人。"

她哈哈大笑:"多么古怪的人生观啊!哎呀,如果我们都这么想的话，就不要活了吧？活下去也就没意义了。"

他关上水龙头，伸手去够毛巾。他一言不发地拿起处方簿，在上面草草地写下什么。他把纸片递给她，用悲伤的眼睛盯着她。她怀疑，会不会因为她是白人他就不喜欢她；他是不是不能宽恕不公正，反而会铭记在心，目睹它，并为它作证。我们都要死的。富人，穷人……但不是同样的比率。穷人死的要多得多。

当然，婴儿出生时一切都为他准备好了。请了一个保姆，她是洪都拉斯人，成功地来到岛上，找到了一个丈夫和一份工作。她的丈夫帮人修剪花园里的篱笆。他驾驶一辆小货车，在岛上转来转去，上面写着"艾迪的篱笆（对冲）基金"。"这很可笑。"金杰对保姆说。但是这个保姆茫然地看着她说："不可笑。这个工作非常辛苦。艾迪不停地工作。剪、剪。"

她没有多少事要做，有了保姆后照顾婴儿的日常工作也减轻了。她每周去参加两次联谊会，周而复始地谈论同样的事。有小的丑闻和大的丑闻；在这个岛上没有什么能隐藏很久，除了那些真正的秘密，那些当事人对谁也不会说的大秘密，他们避开窥探的目光。

她丈夫的办公室在房子的后面。他在那里处理公事，打电话给机器制造公司的经理们，他所使用的机器就是由他们生产的。这样会让经理们很不快,她担心。除此之外,他把时间花在他的船上,一条轻巧的三十二英尺长的快艇,停泊在房子下面的海湾。总有一些部件需要敲敲打打、清漆上釉,这些工作让他颇有些忙碌。她不喜欢这条船,因为她晕船。最轻微的海浪都会让她站不稳,恶心,呕吐。

他对船的兴趣和对她的不感兴趣,折射出他们之间的鸿沟,他们缺少共同语言。他们看的书不同:他迷恋海军史,全神贯注地阅读那些她读不下去的书,她贪婪地读小说,他却说那些书毫无价值,令人困惑;她喜欢的音乐折磨他的耳朵——大乐队爵士、舞蹈乐——他喜欢的则是意大利男高音。

她感到厌倦,甚至有被困住的感觉,但是她靠他生活,必须要维持这桩婚姻。她喜欢奢侈;她不喜欢为钱发愁,最重要的是,她无法面对将要自食其力的生活。她知道有些人离婚分得的财产足够生活了——岛上有一些这样的人——但是谁能相信法庭呢?万一法官厌恶抛弃丈夫的女人呢?女人们抱团,为什么男人不可以抱团,运用他们的力量帮助他们的同类呢?当然也有女法官,可是岛上有吗?她想,没有吧。她听说过慷慨的财产分割,但也听说过差得很远的。她知道她无法忍受从天上掉到地上的生活,绝对不行。如果真发生了,她会死掉的。

马克八岁时,他们决定送他出岛念书。

"他可以回苏格兰,"海尔说,"我希望他有一种苏格兰式的教育。佩思郡有一个地方。一所小的寄宿学校。他可以去那儿。"

他半天才把这话说完,因为他口吃得厉害。有时,他需要花一两分钟才能发出一个音,单词跌跌撞撞地蹦出来,紧接着又会遇到下一个结巴的音节。她已经习惯,但对不习惯的人来说,便有些尴尬了。有些人不知道往哪儿看;另一些人想提示他要说的单词,却让情形更加尴尬。

送马克去学校,让她体会到离别的悲痛。她和他一起去了苏格兰,把他安排在了寄宿学校。他很兴奋,可是她确信,等新鲜劲儿过去后他就会想家的。"他们中好多人都是这样,"女舍监说,"特别是父母在很远的地方的。"

"哦……"

"但是他们能克服,"女舍监接着说,"小男孩没心没肺的。没有我们大人他们也能过,你知道。他们能过得挺好。"

"我想《蝇王》里的孩子就是那样的,"她说,"尽管……"

女舍监不解地看着她:"蝇?"

"一本书。一群男孩流落到一个岛上。他们倒退到了野蛮人时代。"

女舍监点燃了一支烟。金杰注意到她的手指被尼古丁熏黄了。"小野人。是的,他们可以变成小野人。"

学校放假时,他回到家中。有时她感觉他反而离得更远了,似乎他不是那么需要她了,当然只是有时;其他的时候,特别是他必须要返回学校前,他又变成了那个小男孩,黏着她的小男孩。

"我不乐意送他回去,"她对丈夫说,"我真不喜欢这样。难道我们全家不能一起回去吗……"

这个建议似乎吓着他了。他拼命想说出话来。他的脸涨得通红,每句话都伴随着唾沫星子:"我们不可能。我们不能。想想我们要交给税务人员的钱吧。你可知道一年要多少钱啊?"说完这些话花了他很长的时间,于是他拿起一张纸,在上面写了一个数字,递给她。这个数字后面还跟着三个惊叹号。

她耸了耸肩。她以为,假如一个人不幸福,过这种为了逃税而流放的日子就没什么意思。而且,钱足够多了,根本不需要在意那点差别……她又扫了那个数字一眼——几乎有六十万英镑。他一年会损失六十万英镑吗?她怀疑。

然而,时光荏苒,她越来越厌倦在巴哈马岛的生活。令她惊讶的是,他同样如此,尽管开始时他小心地掩饰这一点。这其实是一个自尊问题,去巴哈马原本就是他的主意,离开便意味着承认原来作的是错误的选择。他很敏感,不喜欢在争论中被打败，或者被证明是错误的。他的占有欲也很强，唯恐失去他所拥有的。

他们一决定离开，就立刻在苏格兰的西南部找到了一所房子。

"那里差不多穿到爱尔兰境内了，"他说，"事实上，天气晴朗时，从某些地方可以看见爱尔兰。"

有人对她说那里的天气不错。"气温高一些，"他们说，"假如非要住在苏格兰，那里是最合适的地方。"

他们买下房子不久（一所大房子，带有两个侧厅和一个门房），就开车去佩思郡的寄宿学校看马克，马克已经十四岁了，寄宿学校的规模也变大了，隐藏在一个幽静的峡谷里。那是一个下午，学校规定的父母探视时间，有体育比赛，晚上还有学校戏剧社演出的话剧。

马克沉默寡言。他说话之前要看看四周，她怀疑是不是有人欺负他。他像是在害怕谁会走过来驳斥他：他的只言片语几乎是耳语。随后她却意识到这是出于难堪，他不想让别的男孩看见他们。当然，这不奇怪；十几岁的孩子常常被父母弄得很窘，会尽量避免被别人看见和父母在一起。尽管这很正常，但还是有些伤人吧。

她冲动地想抓住他，摇晃他，盘问他："我们到底哪里错了?"但是她克制住了。这没用的,她想,再说她知道错在哪里。是他父亲的口吃。他不希望任何一个同学听见。

她静默不语。他的父亲是一个慷慨的男人。他毫无怨言地供养他们。他承担了这所学校昂贵的学费;他支付所有的费用。假如没有他,他们将沦为乞丐:她本人一无所有。

"对你父亲好一点儿。"她低声对他说,就在他们快要离开前。

他义愤填膺地怒视她。"什么?"他嚷嚷道,"什么?"

"我说,对你父亲好一点儿。好一点儿。如此而已。"

"我对他挺好。"

"你没有,"她低声反驳说,"你没有。"

他望望四周是不是有人在看。"你动不动就挑我毛病,"他咬牙切齿地说,"你把我送走,你想摆脱我。"

她的丈夫向他们走过来,她没有机会回答他了。他向儿子微笑,想说点儿什么,却磕磕巴巴,一句话也说不出。父亲挣扎着想说话时,男孩别过脸去。

后来,父母们都走了,学校的生活恢复到正常,他的朋友,紧挨着他隔间的一个男孩,对他说:"那是你的父亲吗?和你母亲一起的那个男人?是他吗?"

他低头看地,点点头。

"不像你,"他的朋友说,"我不应该乱猜的。不,真的——我不应该。真不应该。他看上去不一样,你知道。别介意。他只是看上去不一样。"

他沉默不语,抬头扫了一眼他的朋友,想在他的脸上寻找话外音;没有发现狡诈。

"孩子可以和父母很不一样,"马克说,"没有理由非得长得一样吧。"

那个男孩点点头:"是的,当然。当然。可是你知道,眼睛是随父母的。你的眼睛是蓝色的,不是吗?有些蓝吧。可是他们都是褐色的眼睛,不是吗?可能我没怎么看清,可我觉得他们的是褐色的。"

他耸耸肩:"不一定吧。不一定都这样。"

那男孩失去了兴趣。房间的另一头儿发生了什么,关于什么的争论,他的注意力被转移了。马克却一个人站在那里思考了好一会儿。那个声称是他父亲的人不是他的亲生父亲,这个念头并没有让他不快。事实上,那天晚上,各种可能性让他失眠了。他并不想找到他的亲生父亲——他觉得没什么意思,他的生父,不管是谁,都不可能像现在这位那样吧;激起他兴趣的是,他瞧不起的那个男人居然和他什么关系也没有。这是令人兴奋的想法。

一个月后,他放假回了家;他头一回来到新家,她高兴地领着他四处转。现在他们就站在窗边，眺望远处的威特霍恩半岛。她的丈夫去伦敦处理生意；要待好些天。

"圣人从那里进入苏格兰，"她说，"圣弥安就住在那里。"

他望着别处。圣弥安关他什么事。

"我相信你会喜欢这房子的。"她说。

"我喜欢巴哈马。"

她咬紧嘴唇。"哦，我也是，"她说，"但我也喜欢苏格兰。"

他没吱声，过了一会儿她准备起身。"你应该去看看那个湖。你父亲说那儿有可爱的鳟鱼。鱼很多呢。你可以用他的钓鱼竿……"

他转身："他不是我的亲生父亲。我知道他不是。"

她僵住了。她的声音几乎听不见，无异于耳语："你说什么？"

他显得激动和笨拙："我说，他不是我的亲生父亲。我已经发现了。"

她深吸了一口气。她的胸口怦怦直跳，她耳边响起了尖利的嗡鸣声。她紧张的时候，血压升高，经常会出现这样的耳鸣。它就像从森林远处传来的蝉鸣。

"噢，他当然是你的父亲。你怎么会有这个想法？这样的胡说八道可真是闻所未闻。"她怀疑这话听起来是不是有足够的说服力。

男孩举起手,像是要做什么手势,又放下了。"你可以把样品寄到一个地方。在澳大利亚。我在网上看到的。花不了多少钱。我寄了他的梳子。你们来学校时,梳子在车上。我把梳子和我的头发寄过去了。"

她瞪大眼睛看着他。她不知道他在撒谎——他根本没寄过什么东西;她不知道他是在试探她,看看他的猜测是不是真的。

她坐下。她想冲出房间,想逃走,但是她坐了下来。他眼含谴责地看着她,等她说点儿什么。

"我想我应该告诉你,"她最终说道,"我不想的。我从来都不想的。"

他显得和她一样震惊。他的声音颤抖:"那么谁是我的父亲?"

"他是一个很好的人,"她静静地说,"他教我网球。我们成了很好的朋友。我真是太抱歉了。我知道我做的事对你的父亲不公平……对爸爸。我也不知道你能不能理解。"

"我无所谓,"他说,"但我要告诉他我不是他儿子。我想要他知道。"

她站起来,疯狂地伸出手拉他:"你不许!你不许告诉爸爸!这是你绝对不能做的事,绝对不能!求你,马克!求你!"

他挣脱了她。他现在得意扬扬;这给了他力量。现在他能对他们以牙还牙了。因为离开巴哈马。因为让他难堪。因为和他如此不同。因为所有的一切。

那天晚些时候,她理顺思路想另找个时间和他聊聊。他却不理她,走出了房间,她觉得自己没有力量去追他。当然海尔还有几天才能回来,这段时间她可以争取说服他,但她想,她不得不接受一个现实,他可能会不理会她,直接去告诉海尔。如果他这么做,真不知道海尔会如何反应,她想肯定会很糟糕吧。海尔好妒,一旦他知道她有外遇,并且把私生子冒充成他的孩子,他会采取可怕的行动——特别是,抛弃她。那意味着失去现有的一切——这所新房子、安全感。一切。她将直视贫穷,贫穷和谋生的需要。

她感觉必须找一个人谈谈此事,于是给住在格拉斯哥的哥哥打电话。她请他当天开车过来看她,他答应了:他能感觉到出了什么事,而他总是那个能帮助她的人。

"马克在哪儿?"他到了以后问道,"我很久没见他了。"

她朝外面的方向模糊地招了下手。"在某个地方吧，"她说，"实际上，我想和你谈的就是他。"

她的哥哥皱了皱眉："青春期行为？"

她叹了口气："你今晚能留下来吗？海尔不在家。"

"我就知道你想让我留下来，金杰，"他说，"安妮料想到我今天回不去。"

"很好。到厨房来吧。"

她往磨豆机里倒了一把咖啡豆。"我还是开门见山吧，"她说，"我不是天使。很久以前我有过外遇。在巴哈马时。"

他看着她。她料到他不会批评她的，确实如此。他本人也有外遇，事实上有好几次，不过他没打算告诉她。

"现在他出现了？"

她茫然地看着他，他又说："我们谈的那个男人，你的朋友。他又出现了？"

"不。完全不是那样的。"她停顿了一下，看着她的哥哥。他个子很高，头发金黄。他的眼睛很友善，她非常爱他。他们小的时候，她常常叫他狡黠先生，现在她还这么看他，只是不这么叫他了。现在她想：我可以对他忏悔。我可以对他忏悔，因为他是我哥哥。

"马克是那人的儿子，"她心平气和地说，"现在他发现了，还要去告诉海尔。我试过劝阻他，我求过他，可是我根本管不了他。你知道他的。他要去告诉海尔。"

他看着她，伸出手轻轻地拍着她的胳膊。"他不会的。海尔会……"

"会的，"她说，"他什么都做得出。"她停了一会儿没说话，接着又说，"我不应该做那件事。我厌倦了。我不知道我中了什么邪……那是很久以前了，你知道。十五年了。"

她看着他，狡黠先生。

"我努力做海尔的好妻子。我尽了最大的努力。我不想伤害他。"

"没有。当然没有。"

她做了一个无助的手势："马克却打定主意要这么做。"

她哥哥的手一直放在她的胳膊上。"我怀疑他不一定会这么做。父子间可不是那么简单的。弗洛伊德……嗯，弗洛伊德。"他停下来，探询地看她，"你希望我做什么吗？"

她开始轻轻地哭，点头说："你试试吧。只是我不知道……"

他正在思索。"假如劝说没有用的话。"他咕哝道。

"没有用，"她马上说，"没有用。"

"我试试吧，"他说，"我和他谈谈。"

她感激地看着他，尽管她想他不太可能在她失败的地方获得成功。

他们一起吃饭，他们三个人局促地坐在餐桌旁。马克很少说话，不回应舅舅提出的任何话题。只有兄妹两人说话，男孩借口要回自己的房间，早早就离开了餐桌。

"过一会儿我会上去说晚安的。"男孩走到他的椅子后面时，她的哥哥说道。

男孩掉过头。"随你。"他咕哝道。

"我一定会去的。"

马克离开了房间，像一块低气压和坏天气区似的从气象图中挪走了。他们两个回到厨房。她给他倒了杯威士忌，给自己倒了杯红酒。他们轻松亲切地举杯相碰，是兄妹之间的那种方式；可以分享那么多；一切尽在不言中。

"不用担心，"他说，"你不用担心。"

她摇了摇头:"我们现在别说这件事。我一想到它就难受得很。"

"好吧,"他说,"我不说。但我必须得说,我发现很难喜欢自己的外甥。很抱歉,但真是这样。"他从没喜欢过他,当然也从没表现出来。现在他暴露了真情实感,他说了出来,显得如此容易,如此自然。

她看着他,沉默了片刻。他想他越界了——诚实和说出心里话总是有限度的。她却叹了口气说:"我想,我要说的也是一样。哦,上帝,这难道不是很可怕吗?一个母亲说这种话?你不觉得它很可怕吗,安格斯?"

他想消除她的困惑。他自己并没有孩子,但他理解父母对孩子那种忠实的爱。"有些孩子故意为难吧。但是他们会变。他们会长大。他们会变。"

他在犹豫。假如他告诉她,让我们除掉他——我们制造一起湖里的事故。船翻了,男孩的头不幸撞到了船舷上——她会如何反应?当然他说不出口,像他们这样的人不会做这样的事。但是这想法很诱人。

他看看表。快十点了。

"我要上楼了,"他说,"我累了。"

她站起身,在他脸颊上吻了一下。"你能来这儿,真是太感谢了,安格斯。有你在这里,对我就是帮助。我感到安全多了。真的。"

"我是你的哥哥。"他说。他不习惯使用富有感情的姿势和言语,但他清楚她理解他,知道他的感受。

他上楼了。她告诉过他,他的卧室在走廊的尽头,挨着马克的房间。

他看见马克房间的门缝没有灯光透出。这男孩已经关灯睡觉了。他推开门,一小块光亮落在了屋内的地板上。房间的那一边,他辨认出毯子底下男孩的身影,以及枕头上的脑袋。他悄悄地走进去,站到了床头,他的影子落在了男孩的脸上。他俯下身,正好和男孩头对头。

"马克,"他低声说,"我是你舅舅安格斯。现在乖乖的。千万别动。听我说。"

男孩稍微动弹了一下。他看见他的眼皮微微睁开,一颤一颤的。他迷迷糊糊地嘟囔了几句。

"好的。仔细地听啊。给你讲一个枕边小故事,伦敦塔里小王子的故事。他们的舅舅进来了，还拿着一个枕头，就像这一个。"他伸手拿起床上的另一个枕头。他把枕头举到男孩的面前。"就像这个。他把他们闷死了，我很抱歉地说。"

他轻轻地放下枕头。男孩的眼睛睁大了些，但是身子没有动。

"他们就那样结束了，"他低声说，"一个邪恶的舅舅，你不觉得吗？可是有些舅舅就是那样的，不是所有的，有一些是那样的。我想让你知道，如果你告诉你父亲你不是他的儿子，我会小心地使用枕头的——舅舅嘛……如果你明白我的意思。"

他停下来。他能听见男孩的呼吸声，又短又浅。

"我要你做个动作，表示你明白了我的意思。"安格斯说，"只要点个头就行，只要点一下。只是表明我们彼此理解了。"

他在观察。男孩的头在枕头上轻轻地移动，一上一下。

安格斯对猪好

Angus is kind to pigs

有人被变成了猪,那时候这样的事时有发生。它们住在爱尔兰的一个地方,在那里猪很容易就能找到食物,低矮的树枝垂挂着大量的坚果,猪可以够到;小沟渠里面有丰盛的最新鲜可口的猪食。这些猪们为自己造了个村庄,一个由草皮屋顶的圆屋构成的小村子。它们住在村里,清早就起来了,为了享受阳光晒在背上、露水踩在脚下的感觉。它们满足得一塌糊涂。

猪的幸福生活被猎狗的到来打断了。这些猪是英勇的战士,能够抵御最凶险的威胁,但是它们不喜欢二十四小时地提防潜伏的猎狗。一个影子可能就只是一个影子,也可能是一只猎狗。呼啸的声音可能是风掠过石头,也可能是猎狗的嗥叫。这些猪不能忍受如此的惴惴不安和恐惧。它们离开了自己的村庄,扔下它们造的屋子,扔下丰富的坚果,扔下穿越村庄的熟悉小径,扔下它们的记忆。从附近的山顶,人们看见这些猪在领头猪后面奔跑,眼前涌过兴奋的尖叫和粗毛的海洋;接着就只有鸟的歌声和树叶发出的骰子一样的沙沙声了。

这些猪去了安格斯那里,他接纳了它们。他允许它们用湿乎乎的嘴去拱他的脚趾和脚踝;他允许它们凝视盘旋在他头顶的鸟儿。它们可以待在他身边,他说,就住在他房子附近那块田野的尽头吧。它们检查了那块地方,宣布说它们很满意。猪妈妈抬头看着安格斯,它那细小的黑眼睛里有感激。这双眼睛里也有光:智慧之光。

安格斯听见猪在唱歌。他会站在小丘上,聆听微风送过来的猪的歌声。有些歌为猪的婚礼而唱,是些甜蜜的歌,充满了爱。另一些歌是悲伤的,为一只猪的葬礼而唱,它将被放到兄弟姐妹的背上,安置在一个猪们平时不愿涉足的地方。

但是有人吃这些猪，尽管这些猪也是人变的。这些人怎么会知道呢？所以他们扑向这些猪，把它们掀翻在地，割破它们的喉咙，阳光下猪血红得耀眼。杀戮发生时，别的猪都在唱那悲伤的歌，为这只死去的猪。歌词里都是被变成猪的遗憾。

这些猪不能承受如此的损失，如此的侮辱。它们不情愿离开安格斯，却又不能再待下去。它们召集了一次猪的大会，缓缓地沿着山坡移动，走向另外一个地方。安格斯目送它们，他看见猪们的小旗在轻风中飘扬。

那里有适合猪的地方吗

Is there a place for pigs there

猪二十,是只公猪,毛皮的捐赠者,他是猪十九的儿子。猪十九是一头肥胖的懒母猪,唯一的兴趣就是食物。她用小小的猪眼(有些科学家称:狡猾的眼睛)将世界一分为二:能吃的和不能吃的。她对不能吃的毫无兴趣,对能吃的投入激情,用她那潮湿的裹满黏液的鼻子使劲嗅,用她那偶蹄的脚乱扒乱刨,狼吞虎咽地吃下去,连连发出哼哼唧唧的声音,表达胜利或满足,或者为食物总是要吃光的而伤心。

由于并非是自然孕育的,猪二十没有兄弟姐妹。他的生命始于格拉斯哥附近一个实验室的一只玻璃皿,那个实验室的名称很简单,就叫研究中心。也正是在那里,一个处处是闪亮表面和明亮光线的世界,人和猪相遇了。如果说人的遗传物质有什么值得夸耀的,只需把它的一点点——几个DNA序列植入到猪二十的细胞组织里;不足以使他变成猪以外的东西,却足够让他的某些器官,特别是皮肤,和人的细胞能够兼容。这意味着,在适当的时候猪二十和他的后代可以捐献组织给需要的人。他们将对捐赠来源一无所知,但至少人们会心存感激。

猪二十住在混凝土搭的围栏里。围栏的一头儿是一个砖砌的小避风棚,地面铺着条板。另一头儿则是饲料槽以及混凝土地面上一个凹进去的小坑——勉强算得上一个小水池。他们鼓励猪二十在水池里洗澡,但他极少这么做。他的饲养员说，这水看来让他不太舒服，仿佛让他浑身发痒。

抬头的时候猪二十可以看见天空——围栏上空一块蓝色或灰色的长方形；飞翔中的鸟儿和飘浮着的白云，有时会引起他的注意，但只是一瞬间。因为混凝土的墙壁，他看不到外面的世界，看不到科学家用的停车场，看不到实验室所在的低矮建筑物，看不到建筑物边上的一排树林和远处的小山。所有的这一切都没能进入猪二十那狭小的宇宙里。

他的日子很单调。他住在棚子里，有时睡在围栏门旁边的草堆上。他看着地面，好像想寻找什么，又失败了。他抓挠自己，有时来给他做检查的兽医说他抓得太狠了，就给他发炎的部位涂了厚厚的白药膏。有时，他只是站着，站在门边上，等待发生什么，假如什么都没有发生，他就退回到棚子里去了。

猪二十由一个年轻男人照看，他充当了研究中心二十多头猪的饲养员，他还照管很多实验用的老鼠。这个年轻人十六岁离开学校后就在这里工作了，如今他已经二十四岁，中心的每个人都断定：只要中心存在一天，他就不会离开。"他没有野心，那孩子，"一个年纪大一点儿的秘书说，她正凝视着窗外的这个饲养员，"看看他吧。他老是站着，你知道。就站在那儿。天知道他那脑袋瓜儿里在想什么。"

另一个秘书，一个卷发的年轻女人在看。她看见饲养员站在猪二十的围栏外,手中拿着一把刷子。"漂亮的脑袋瓜儿哦,"她说,"可是他好像喜欢猪。假如你喜欢猪,这工作还真不错哩。"

"我讨厌猪。讨厌它们的粉红色。"

"那是你。不是每个人都一样啊,你知道。他就不一样。可是噢,一个人没野心,不想获得更多一些,肯定很古怪吧。我无法想象他的工资还不错。"

"没有啊。我看过他的工资单。他比所有人都拿得少。是那种农村打短工的收入,而且他还是最少的。"

其实,他并不需要多少钱。他和父母住在附近村子边上的小农舍里,假如不走大路而穿过田野的话,只有短短的一段路。短短的一排矿工小屋中的一间便是他们住的,这些小屋是这里的地下煤矿处在全盛期时建造的。一看就知道是富人为穷人盖的屋子:非常坚固,能住世世代代的工人,却很小,因为在他们看来这些人的需求很低——父母住一间卧室,所有的孩子住另一间;起居室兼做厨房,后面一个小小的浴室。这就是全部了。

在剧烈的意识形态冲突和残酷的经济形势下,这些煤矿被关闭了;哥伦比亚的煤便宜,而苏格兰的煤很贵。饲养员的父亲被解雇了,对他来说不是什么大灾难,因为他已经到了退休的年纪,而且他的肺再也受不了煤矿的空气了。他开始在后院养鸽子,用鸽粪给每年春天种的一垄垄整齐的蔬菜施肥。傍晚时分他就去村子里的酒吧,坐在那儿慢慢啜饮他那杯啤酒,和原来的矿工聊天。然后他回家,检查一下鸽子,吃妻子为他和儿子准备的晚餐。几乎总是同样的食物——肉末和土豆加上罐头扁豆或豌豆。周末他们会吃一片羊肉或牛肉。肉的供给是充足的,因为他知道饭桌上没有肉的滋味,他决心不让家人有这种体验。偶尔,他的儿子,这个饲养员,会带回家一头猪,研究中心的死猪——尽管这坏了规矩——父子两个在后院把猪切成片,咕咕叫的鸽子在一旁看着,他们把猪内脏和猪头扔进小坑里烧掉,这个小坑是饲养员平时用来烧篝火的。随后的几周他们全家一直吃猪肉,也分一些给邻居,为了感谢他们容忍坑里冒出的烟和鸽子不停发出的咕咕声。

"我喜欢猪肉,"隔壁的女人说,"我真的喜欢猪肉。我从来也没有足够的猪肉。当然,我不是在暗示什么——这只是我的感受而已。"

这个饲养员和一般的年轻人不同。他在学校时神思恍惚,令老师们绝望。他们在他身上发现了才能,却无法让他用上那才能。显然,他满足于现状,任何要他上进的建议都只换来他茫然的微笑。

"你可以做得很好,你知道,"数学老师说,"你肩上的脑袋瓜儿挺聪明的,你知道吗?你可不笨。但是你不努力,你不努力。"

他笑了,却一句话也不说。

"像你这样的男孩可以充分利用如今大学实行的招生计划。你不需要很有钱就可以上大学,你知道。如今不需要了。你可以做到。你可以。但是它不可能从天上掉下来。没有东西会从天下掉下来。没有。"

他又笑了:"我不想上大学。我在这里很好。"

这位教师向窗外望去,视线越过学校四周的篱笆和那条路,落到绵延的上坡上。他怎么也无法理解这男孩;他不能理解他。据他看来,他相当幸福,他的父母也没有问题——没什么特殊之处,是一对体面的夫妇。或许这就是问题所在。假如一个人在家里感到不快乐,他会想要离开,做一些不同的事情;如果他很满足,就愿意待下来。

"那你不想当一名医生?类似于那样的?"

"不。"

"你想做什么呢?"

"某个工作吧。"

"这算什么回答啊。"

他离开学校时,这位老师对他说:"你是个古怪的家伙,你知道。可你知道吗?我打赌你比其他人都幸福。确实如此。你找的这份工作——研究中心的那份工作，我猜你会干得很好。"

男孩一边看着他，一边和他握手："谢谢你，先生。谢谢你教我的一切。"

这是一个学生第一次对那位老师说这样的话，他转过身掩饰他心中的感触，觉得不好意思示人。

他在研究中心的工作不算费劲。他清洗老鼠笼和猪栏。他也负责给动物喂食，负责把它们送到实验室。实验结束后，他收集老鼠的尸体，把它们放进一个小焚化炉里，焚烧和清洗都是他的职责。他不喜欢这项任务，一边干一边耷拉着脑袋，好像在做一件坏事。中心主任有一次从窗口看见了，就让饲养员去他的办公室。

"我刚才看见你的情绪不高，"他说，"那显然不是这里最愉快的工作。如果你想和我谈谈此事，那就和我说。我们可以谈谈我们做过的好事。你知道那些事，不是吗？"

他点点头。"我烧老鼠时，它们已经死了，"他说，"它们没有感觉。你死的时候是没有感觉的。"

主任从办公桌后看着他。古怪，他想，非常古怪。但有些人就是这样的。来自那些村庄的人。不是非常……嗯，他们只是有些愚蠢。他想起了那句形象的苏格兰方言。愚蠢——不够完全；像没有三明治的野餐。真形象。

后来主任对卷发秘书说："今天上午我和那个动物饲养员聊过。你知道，那个清洗笼子的年轻人。古怪，他有点儿古怪。他总是微笑，但是古怪。"

"我知道，"这名秘书说，"但我听说他工作干得不错。没人抱怨过他，不是吗？"

"当然没有。"主任想了想说，"可是他工作的动力是什么呢？"

"好问题。"秘书说。她停顿了一下，接着说："可是你知道的，这里的人……嗯。"

主任笑了："是的，但是我们不会说出来，是吧？"他把手指放在嘴唇上，示意不要说话，卷发秘书笑出了声。主任看着她。

那天之后的某一刻，这名秘书下班正要离开研究中心，走过饲养员的身边时，他正从猪栏里出来，用一块旧布擦手。她向他打招呼，他回报以微笑。但是他没有说话。她回家了，不再多想这次相遇。可是第二天早晨醒来时她记得做了一个不安的梦。并非令人不快的梦——仅仅是不安。她梦见了饲养员。

她起床给自己弄了杯咖啡。站在窗前，她低头向屋后的小花园望去，阳光轻轻抹在灌木的叶子上，那是她前年种下的。她记起了梦里的情景，发现自己禁不住微笑起来。这个梦是那样的不现实,梦往往如此,她又想,当她下次看见他时会不会想到这梦呢?假如遇到,她怎么可能不笑,不暴露自己呢?上班的路上她又想到了他,因为她拐到通向研究中心的大路上时,看见了远处那些村舍的屋顶,她听人说过他住在那里。她好奇,一个年轻男人在那里能做什么呢?一个那样的地方会有什么未来呢?

几天以后,主任和两个科学家让饲养员把猪二十带到实验室。他把他放在运猪的小手推车里,用一根绳子牵着猪走根本没用,它们总是往错误的方向拉拉拽拽,因实验室陌生的气味而恐慌,发出长声的尖叫,想奔向一个它们从未见过却隐约嗅得到的自由之地。

猪二十不吱声。他和饲养员很熟,饲养员对动物有一套——能让它们平静——饲养员把他推到斜坡道以便送入手推车时,他很配合。他抬头看天空,天空好像突然变大了,他盯着周围的物体——一只箱子、一捆草、饲养员的腿。这就是突然扩展了的世界。

几分钟后,饲养员把他带进了实验室,他站在一个小平台上,两边被不锈钢条拦住。猪二十发抖了。他抬头看看站在身边的饲养员,他的一只手放在他的皮肤上。猪二十可以感觉到手的压力。他感觉到猪皮上人的手指。他发痒。

一个科学家在他的肋下打针,抽出少量的血。饲养员注视着针管里灌满了猪血。

"他们用那个做黑香肠。"饲养员对科学家说。

科学家抬头打量了他一眼。奇怪的男孩,他想。"这里没有,"他说,"这里没有。不管怎么说,黑香肠真让人受不了。猪排,是的。但是黑香肠—— 不。煮猪血,找的天。"

"我喜欢培根三明治,"另一个科学家说,"不是这世上顶复杂的东西,可是顶好吃。"

"会堵塞你的大动脉。"另一个科学家一边说,一边将注射器里的血挤到小药瓶里。

饲养员看着猪二十。他伸出手去摸猪嘴,这似乎可以让他安心。淡粉色的皮肤摸上去很柔软,湿润,温暖。

"明天让他饿着,"第一个科学家说,"可以喝水,别吃东西。"

饲养员惊讶地看着他:"为什么?"

"星期四我们要收获组织了,之前他都需要用抗生素。现在我给他第一剂,明天有人会给他第二剂,后天,大后天……明白吗?"

他把目光移向别处。他们要杀猪二十了。他把他推回到围栏里,打开门。猪二十闻到熟悉的味道,便沿着斜坡道滑行,向前冲去。他摔倒了,不由自主地发出哼唧声。饲养员走上前扶起他。猪二十摇摇晃晃地向前移动，重新走进自己的住处。

那天晚上，在回家的路上，饲养员穿过田野，他在思考猪二十的事。他知道收获组织是研究中心的工作之一——一直如此——可是他开始喜欢猪二十了，虽然他的前任曾警告过他。他告诉他："不要对动物产生感情。一定不要。动物会死。这也是它们在这里的原因。"就像矿工，饲养员想；他们久居地下，然后就死掉了。我们现在还有煤用，这说明在某处，遥远的某处，人们还在为煤而死去。

他们在厨房里吃饭，父亲坐在桌子的一头儿，母亲坐在另一头儿，他坐在中间。吃的是他们总吃的食物：肉末和土豆，他父亲说的话也和平时一样。他谈论鸽子。他的母亲却这样对他说："你为什么不去参加舞会呢？"

他看着他的碟子。"我不想。我在这儿很高兴。"

她把装土豆的碗推到他那边。"多吃点儿土豆吧，"她说，"你吃得不多。"

"他吃得不少，"他的父亲说，"他吃着呢。瞧，他把你放到碟子里的东西全吃光了。"

"你应该去参加舞会，"他的母亲说，"这里有很多舞会。每天晚上。"

"那就是麻烦的一半原因啊,"他的父亲说,"所有那些舞会。这个国家醉了。醉了。一直在跳舞。"他停下来看着儿子:"随他去吧。就随他去吧。"

饲养员低头盯着碟子。他正在想猪二十。他想象他躺在棚子里,在这个寒冷的夜晚瑟瑟发抖,也很孤独。他说:"有一头猪他们不需要了。如果我愿意可以把他带回来。"

他的母亲点头:"好啊。我可以把他冻起来,或者冻起来大部分。"

"猪排,"他的父亲说,"好多猪排。"

"他还没死呢。"饲养员说。

"那我们可以把他宰了,"他的父亲说,"你,我,我们俩。我们可以在后院把他杀了。"

"不要杀他,"他们的儿子说,"我想养他。棚子里还有地方。他可以睡在那儿。"

女人看了看她的丈夫,他耸了耸肩。"随你。"他说。

"气味怎么办?"女人问。

"这只猪挺爱干净的,"饲养员说,"再说,想想蔬菜的粪肥吧。想想呀。"

这男人点点头："是的，对蔬菜有用啊。你说到点子上了。"

他们默不作声地吃完了饭。碗碟收拾完毕之后，饲养员的父亲走到后院给鸽子喂谷粒。他给鸽子建了小鸽房，固定在房子的后墙上。这些鸟儿对他咕咕叫，有距的小细腿在地面拖来拖去，他嘀咕道："我的美人，长羽毛的小美人儿。"

在他父亲照顾他的鸟儿时，饲养员穿上外套，悄悄溜出了前面的大门。他沿着田野的那条小径往研究中心走去。他有动物房大门的钥匙，他打开门进去，走到了猪二十的围栏边。此时天色已暗，但是晚上仍有足够的光线让猪二十看见他，并且跑出来迎接他，用鼻子蹭他裤子的粗布料，努起猪嘴期待着什么美味。饲养员把手伸进上衣口袋，掏出一根长长的绿绳子。他打了个活套，套在猪二十的脖子上。猪二十感到痒，看着地面。

他几乎花了一个小时，才让猪二十越过田野，绕到这小排村舍的后面。这只猪走走停停，蹄子探进土里，想探测某个东西，一堆树叶，流着涓涓细水的沟渠，灌木，整个世界。终于他们走到了院子里的旧棚子处，他把猪二十推了进去。

"你会好的。"他一边低声说,一边抓起猪的后背,然后把他推到一堆麻袋布上,"躺在那里吧。"

第二天下午,科学家来打抗生素,却发现猪二十的围栏空了。他找来饲养员。

"那头猪。活见鬼,他在哪儿?"

饲养员耸耸肩。

"他不在他的猪圈里,"科学家说,"如果你不知道他在哪儿,他肯定是跑了。"科学家回头向田野望去。

"也许吧。"饲养员说。

"你最好找到他,"科学家说,"别光站在那儿啊。如果他跑了,和别的猪混在一起,可就麻烦了。那头猪是生化灾害,你不明白吗,嗯?"

饲养员耸耸肩,科学家生气地走掉了。几分钟后秘书来请饲养员。她看着他,目光又转向别处。她又梦见过他一次,这次比上次更加生动。如果他知道的话,她有点儿不好意思地想,他会怎么看呢?她脸红了。

"主任找你,"她说,"就现在。"

"好吧。"

她又看了看他,这次却带着关切:"你有麻烦了吗?"

"一只猪跑了。"他说。

她笑出了声:"就是这事啊?"

他这回也笑了:"他们要杀他呀。"

她皱眉:"它不会知道的。"

他没说什么。她又扫了他一眼,一个念头产生了。他把那只猪带走了。

"生化灾害是什么?"他突然问。

她挑了挑眉毛:"你没上过学吗?"

他没有回答。"那是某种危险,"她说,"某种危险的东西。放射。那样的东西。"她停顿了一下,"你知道放射是什么吗?"

"不知道。"

他们正向主任的办公室走去。她停住,伸手挽住他的胳膊。她发现他的胳膊触摸起来很柔软;他在她的梦里就是那样的,温柔的。

"你带走了那只猪,对吗?"

他点点头。

"好吧,我们要把它弄回来,"她说,"它在哪儿?你家吗?"

他垂下眼睛,好像很羞愧。"我不偷东西的。"他喃喃地说。

她想让他安心:"你当然不偷的。你当然不偷的。"

她环顾四周。她想,如果他们现在就去,还有时间。他们可以把猪带回来,编一个它失踪的理由。她可以为他向主任说情,主任喜欢她。她想,主任希望她眼里的主任是宽容和开明的。

他们掉头。他领着她穿过田野,她的鞋不适合乡间的路,沾了一脚很重的泥块,她不得不停下来在草地上把泥巴刮掉。

"平时没有这么泥泞,"他说,"这雨……"

"当然啦。我没事的。别担心,只是泥而已,你瞧,快弄下来了。看见了吗?"

他们绕过村舍的一侧,走进后院。她看见有人在厨房,上了霜的窗子后一个身影在移动,背后有灯光闪烁。白天的时候,这些村舍也需要开灯,她想,因为窗子太简陋了啊。房子里传来了一种味道,做饭的香气。

"他在棚子里,"饲养员说,"我打算给他建一个猪圈。看见那边的砖了吗?我打算用上那些砖。让他舒舒服服的。"

"哦,这不可能,"她说,"他必须回去。无论如何,猪不可能长生不老。我知道这让人伤心——我知道。

是的,我知道。"

猪二十饶有兴趣地看着他们。他一直睡在那堆麻袋布上,门打开时他站了起来。他盯了他们片刻,视线就越过他们向外面的院子望去,他的嘴在抽搐。

饲养员不再争辩。他从钉子上取下绳套,套在了猪二十的脖子上。

"你要回去了,"他说,"该回去了。"

猪二十抬头看他,仿佛在确认他的话,然后他在他们的前面走了出去,绳子在后面拽着他。饲养员弯腰拍拍他的背。"对不起,"他低声说,"太对不起了。"她听见这话,她明白了。对她来说,它是一个标志;一个男人竟然对一头猪有如此的同情心,这是温柔的标志。

他们穿过田野往回走。山上挂着金黄的太阳，空气暖洋洋的，有荆豆花的芳香。她想：真是太奇怪了，太奇怪了。和一只猪一起穿过田野。还和他一起。

走到一半，他们停下来休息。猪二十趴下来仰望天空，似乎被那纯然的广袤所迷惑，所震撼。他可能在想，假如他真的会思考：那里有适合猪的地方吗？那是适合猪的地方吗？

她扭头面对着饲养员。他朝她微笑。她伸出手。她去捉他的手。他握住了她的。他们站在那里。她确信无疑。

所有人当中，应该是他，这让她大吃一惊。一颗心竟安放在像他这样的人身上，这让她惊讶。但是她如此确信，如此确信。

我梦见你

I dream of you

安格斯是爱之神，也是青春之神和梦之神。凡见到他的都爱他，无一例外。他们等他经过，请求他送一个爱梦，梦见将成为自己情人的男人或女人，他总是答应的，他从不拒绝。假如拦住他、请求他的人是女孩或女人，她会得到一个吻，这个吻会变成一只鸟，这只小鸟扇几下翅膀就消失在风中的某处，留下那些看见它的人如堕雾里，以为这一切都是自己想象出来的。

当然，有很多人想占有他的心。尽管安格斯喜欢女人，却并没有一个女人能将他占为己有。女人们，当然，使尽浑身解数去诱惑这个英俊的年轻男人，她们向在这方面足智多谋的老女人咨询，以得到她们掌握的秘密。她们得到了特别的处方——将药水抹在脸颊上、乳房上、心脏之上，她们要让安格斯坠入情网。可是这一切似乎毫无作用。安格斯总能识破这样的伎俩，当他发现她们正使用此等招数时，就躲避起来；他悄悄地溜走，逃离女人们的控制。那时，他就会大笑，他的笑声只会让那些女人更加心痛，她们眼睁睁地看着他，却无法拥有。

但是安格斯瞥见了他的爱，她根本无须任何诡计或任何药水就可以拿走他的灵魂，变成她的。这件事发生在晚上，当时安格斯一个人在他的房子里。天晚了。他的房间里一片黑暗，除了一点余火发出的微光。安格斯已经吃完了晚餐，准备在长椅上睡下，这长椅便是他的床，铺着磨得柔软的鹿皮，不会伤到皮肤；也有水獭皮，像它们所嬉游其中的水一样光滑，还有其他小动物的皮。

那天夜里，他睡着了，一个年轻女人进入了他的梦。对他来说，她是如此逼真，简直就像他醒着一样。他立刻被她极致的美所打动。但是比那还要多；他知道她就是那个他想与之长相厮守的女人。他伸出手想把她拉到床边，她却微笑着离他而去。

第二天早晨他醒了，长椅上的兽皮掉在了地上，早晨的冷空气包围着他。他环顾房间，希望看见晚上来到他身边的那个女孩，但是没有她的迹象；没有一丝痕迹，没有一点儿影子。他沉默地站在那里，被昨晚的美丽景象所打动，他清楚地记得，记得每一处可爱的细节。

门开了，负责给他做早餐的女人送来一碗食物和牛奶。她把它放在窗边后离开了，但安格斯没有碰食物。他望着窗外，渴望看见他梦见的女孩；但没有人。没有女孩。

那天晚上他又累又饿地上了床，他一天都没有吃东西，满脑子都是女孩的样子和她的夜访。"今晚你一定要来，"他低语，"这回你一定要留下来。"

她又来了，如同前一天的夜里，她像他记忆中一样美丽和诱人。他又伸出手，请求她到他的床边，虽然她待了一会儿并为他演奏音乐，却又一次拒绝到他身旁。

这样的事每个晚上都发生，每个白天安格斯都坐在树下，陷入沉思，思索如何才能说服这女孩和他在一起，成为他的妻子。他不能理解为什么得到这样的惩罚；多数男人和多数的神都可以有真实的女人来爱他们，为什么他却只能拥有梦中的女人，一个女妖呢？

那些安格斯身边的人很快便因为他的厌食和思虑过度而惊慌失措。

"我们要请一个治疗师，"一个女人说，"我们一定要。我们不能允许他在我们眼前凋谢啊。我们不能对他的病坐视不管啊。"

一位治疗师来了。他把神像直接放在地上，看着安格斯，把手放在对方额头和胃上；他凝视安格斯的眼睛，倾听安格斯的呼吸声，但完全看不到疾病的迹象，他摇了摇头。"我看不出有什么问题，"他说，"必须强迫他进食。"

但是安格斯不肯吃东西，即使吃，也吃得极少——勉强能维持生存。又请来了更多的治疗师，他们中有一些非常出色。这些治疗师能把断骨接到一起，能用敷料和草药驱走高烧，甚至能让濒临死亡的人起死回生。他们是杰出的人，却没有一个能杰出到诊断安格斯的病。他们一致同意把爱尔兰最好的治疗师请来，这人名叫冯格尼。他只要看看人的脸便能立刻说出他患了什么病，只要看看烟囱里冒出的烟便知道屋里有几个病人。他是一个天才。

冯格尼看了看安格斯，他倦怠地躺在床上。冯格尼马上知道出了什么问题。他向安格斯俯下身耳语道："你失恋了，你得了相思病。这就是你的问题。我看出来了。"

这个治疗师如此迅速地诊断出他的病，安格斯很吃惊，就痛快地承认了此事。他对冯格尼描述了梦中那女人的美貌和她演奏爱尔兰手鼓的精湛技艺。他说起她的音乐如何催他入梦；既催眠，又让他心碎，因为他知道白天到来时她就将离去。安格斯承认这一切时，冯格尼在一边点头。这和他所想到的完全吻合。他无所不知。

"必须请你的母亲过来，"他说，"我们需要和她谈谈，看看她是否知道这女孩是谁。"

波安来了，在一片浪花中，从她居住的河里升起。有人警告她说，她儿子的情况很危险。

"你怎么了？"她问，"他们告诉我，你因为某个女孩相思成灾。啊！你不再是十四岁了。"

安格斯转过脸去。他的母亲不理解他。

她看了看他的侍者："他们想让我做什么呢？如果你不想吃东西，我也没办法让你吃啊。"

安格斯什么话也不对他母亲说，而周围的女人却问她能不能打听出那女孩是谁。

"我怎么打听?"波安烦躁地问,"有那么多女孩。我根本不知道是谁在梦里拜访我的儿子。啊!你们为什么不问问他的父亲呢?这是他的事。达格达。那人就是他的父亲。"水动了动,激起一阵涟漪,她走了。

达格达被叫来。他穿过草地,他的胸前横着他的大棒,他乌黑的眼睛凝望着某处。他来时带着风,他走近时牛群都吓跑了。这就是那位父亲。

"嗯?"

"你的儿子,安格斯。你的儿子。"

"哦,是的。"

"他遇见了一个美丽的女孩,但我们找不到她。我们需要你的帮助。你可以派人去找波特波,看看他能不能找到符合安格斯描述的那个女孩。"

达格达抬头望着天空。"不容易啊。"他说。

"但是你必须找到。否则他要死了。"

达格达转过脸去;他在想别的事。

"他是你的儿子啊!"

"好吧。"

达格达走了,回到他自己的家中。他命令他的人去找波特波,问他能否找到那个女孩。他们去了。

"当然,"波特波说,"我很高兴能帮助达格达,他毕竟是我的父亲。但是这个要求有些古怪,原谅我这么说。我们有什么呢?我们只有安格斯做的一些梦而已——或者,他说他做过的梦。根据我的经验,梦是不可靠的,而人们在梦中见到的情人,哦……这么说吧,我不怎么相信。远远不信。

"可是,达格达的请求是我不能轻慢的,我们看看能做什么吧。我得说,让我对我的那些仆人说,去找一个长得像……比如,比如,比如什么的女孩,这可真让我有点害臊啊。这件事可能性很小,但是没办法啦。我试着帮帮忙吧,派一些人去找这个女孩。你知道,这片地区有很多漂亮女孩——她们每一个人肯定都能吸引安格斯。我们拭目以待吧。永远不要绝望。"

命令传下去,一小群人被派去寻找达格达信使所描述的那个女孩。他们询问路上遇到的行人;他们和田地里的农民攀谈;他们爬到树上,极目眺望那片土地。他们深入细致地搜索,过了大约一年,他们看见了她。

"她在那里,"信使对波特波说,"我们找到她了。她在贝尔龙湖。那便是她的所在。"

"嗯,我得说我非常高兴,"波特波说,"这是一个杰出的成绩,达格达肯定会喜出望外。安格斯听到此事也会感到宽慰。我们可以这样假设吧。有时候现实没有幻想那么迷人，显然如此，但是我们不要悲观。去找安格斯吧，把他带到我这里。"

安格斯驾着达格达借给他的双轮马车，去往波特波那里。马车经过年轻女人的房前时，她们光着脚丫跑出来看他，他带来的风吹动了她们的发梢。他给每个人一个吻——这边，那边——他继续赶路，将那些人丢在身后；她们既兴高采烈又伤心欲绝，因为毕竟那只是惊鸿一瞥。那些他给了爱之礼物的人，将在那晚的梦中看见命定的爱；那些他给了青春之礼物的人，那天的脚步将无比轻快，岁月的羁绊将减轻不少。

旅行到了尽头，他来到波特波的住处，他将拜访的人在微笑着等候他。"嗨，安格斯，"波特波说，"亲爱的兄弟——算是兄弟吧。你来了。你的旅行到了终点。"

安格斯从马车上走下来。马匹热得满头大汗，鼻孔也张得老大。它们已走了很远的路。

"把这些马牵走吧。"波特波挥了挥手说道，"把马弄走！来，安格斯，跟我去你的住处。这里——瞧我们给你准备了什么。这么棒的长椅！今天晚上，一等你休息好，我们就庆祝一下吧。夜宴、食物，还有音乐、跳舞，假如你愿意。瞧。"

"我感激不尽,"安格斯说,"至于达格达,我的父亲……"

"他也会感激的,"波特波说,"是的,当然。达格达,我们需要他的感谢。由于他的那个大棒。我们当然不需要他的敌意。"

"但是我真正想做的是,"安格斯说,"你说那个女孩在这里,我就去找到她。我一直在等她呢。"

波特波笑了:"快了,别急,安格斯。快了,别急。眼下我们就想着痛快地吃喝玩乐上两三天吧。然后我们会带你去我的人指认的地方。那便是那个女孩将被找到的地方。"

安格斯很难再等了;他已经等了一年多——一年的梦想和渴望。"我现在就想见她。"他说。但是他太累了,没有力气争执。

"别。先大吃一顿,再去见那女孩吧。我们是这样打算的嘛。"

安格斯就寝了。漫长的旅行之后,他很疲倦,但是睡不着。既然现在离她如此之近,他害怕一旦睡去,那个女孩就不会来到他的梦中了。所以他睁着眼睛不肯睡,他盯着熏黑的草皮屋顶,这屋子是波特波亲自领他进来的。

那天下午安格斯正躺在屋中,突然看见他床前的单扇小窗后面有一张脸在看他。他吃了一惊:他被监视多久了?发现自己被窥探,难道不让人吃惊吗?他被这个发现弄得忐不安。

"你是谁？"他挑衅地问，"你在干什么？"

这人是波特波。"是我啊，"他说，"看看罢了。"

安格斯暗忖他是否可以信任他的拜访者，他告诉自己，既然波特波知道他是达格达的儿子，就不太可能背信弃义吧。因此他便继续躺在卧榻上，等到夜幕降临，他走出去加入坐在大桌边的波特波一伙儿，那桌子是由波特波摆在附近的一棵树下的。

波特波邀请了他的朋友，一群神和人，吵吵闹闹的。安格斯坐在桌首，挨着波特波。波特波给安格斯倒了一杯发酵果汁，又在他面前放了一盘肉。

波特波看着安格斯，他很感兴趣。"我得说你很执着，"他议论道，"我永远也不可能像你一样去寻找一个人。了不起。我想爱情就是如此吧。它让人着魔。"他停了一下，"难以理解——至少我很难理解，为什么一个人非要占有另外一个人呢？为什么？孤独？是这样吗？"

他没有给安格斯时间回答。"但是孤独很容易解决。看看所有这些转来转去的人吧。当周围有这么多人时，你怎么可能孤独呢？那么肯定不仅仅是因为孤独；一定不仅仅是——也许是某种向往，是的，就是这样——向往成为爱的那个人，钻进他的皮肤。奇怪。非常奇怪。然而请允许我发问，为什么男人希望以这种方式成为女人,女人希望以这种方式成为男人?是因为男人感觉他的世界缺失了什么吗,除非他找到那缺失的东西,否则他便不能完整,而那缺失的就是一个女人。是这样吗?"

客人们都沉默地观察波特波。每当他回答一个自己提出的问题时,他们都点头赞同。

安格斯开始发言。"是对美的追求,"他说,"这就是原因。我们——神和人——意识到自己在这个地球上,我们知道它是美的。它是我们理解的少数事物之一——美;因为它就在那里,在这个世界上,我们发现它无处不在。我们需要美。它需要我们的爱。它就是这样。"

波特波盯着他:"我明白了。可是一旦你找到了那个女孩,又如何呢?你也许瞥见了人世间完美的美丽,又如何呢?你真的以为你可以占有另一个人的美丽吗?你不能,你知道。"

聚集的人群听到这话,一起摇头表示赞同波特波。安格斯没有说话。为了表达对主人的礼貌,他会享用夜宴到最后一刻,但是他不必同意波特波说的每句话,即便那是对的。

波特波接着说:"你说人们为什么会想象美与善是统一的?你认为是这样吗?我不觉得。美可以与最骇人听闻的人性缺陷并存。尤其是虚荣。当然,当我们看见未被此等缺陷玷污的纯美时,我们显然觉得它是好的。"

他看着安格斯,安格斯接着去看那一排小神,他们正在啃牛骨头。他们微笑着回望他,示意他不如加入到他们的盛宴中。但是安格斯不想吃东西,他只想找到那个躲避他如此之久的女孩。一旦找到她,他就会进食。

波特波担心地说:"相思病真可怕啊,看看你吧!坐在那里却咽不下一口东西。"

安格斯垂下头:"对不起。食物对心不在焉的人来说真是难以下咽。"

波特波耸耸肩:"我希望这女孩别让你失望。我希望她不是一只野鸟或类似的什么。"

安格斯惊恐地说:"她是一个女孩。我见过她。"

"好吧,"波特波说,"抱歉,我不该说这个。"

夜宴到了尾声,波特波对安格斯建议:他们一起去那女孩被发现的地方。

"我们目前能做的是,"他说,"确认她就是那个人。除此之外,什么也做不了。我无法把她给你——你知道吧?"

安格斯点头说:"她肯定有父亲的。"

"一点儿不错,"波特波说,"父亲可不就是绊脚石嘛。有多少恋爱倒在了它的脚下?数不清。"他伸手拍了拍安格斯的肩,"可是不要担心。我有一种感觉,这件事可以解决。"

安格斯很想相信波特波，然而此刻他只有怀疑，这怀疑令他内心忧伤。不过他还是跟着波特波，走过这条小路，拐过那条小径。他们终于来到一个湖边，三群少女正聚在那里。安格斯像化石一样一动不动。他一直在寻找的女孩就在那里；她在那里，她令他的心跳停止。

波特波站在安格斯身边："是那个女孩吗？那个？高个子的？"

安格斯已不能言语。这个女孩看上去比梦中的更加完美——五官更精致，头发更金黄，笑声更甜美。他想，我爱你爱得发狂，发狂；他正想时，她转过头看见竟是他，她的脸红了。

波特波看见安格斯呆若木鸡的样子，一时间便没有对他说话，他不想打扰他。过了一会儿他俯身对他耳语道："那是凯尔·埃索·安布埃尔的女儿。恐怕我无能为力了。"告诉安格斯这个消息让波特波很难过，但是他已经警告过他，结果可能会如此。

安格斯怏怏不乐地转身回家。波特波却没有回家；他一路径自赶去见达格达，向他汇报所发生的事情；他不放心让安格斯和父亲谈及这女孩，既然他从一开始就讨厌这么做并且不会改变态度。

"那女孩，"波特波说，"那个女孩。"

"怎么？"达格达说，他的心思却在别处。

"是父亲那一关。"波特波说。

"哦，是的。"

"一个无用的父亲是不会奔赴那里解决此事的，"波特波老练地说，他试探着，"但是像你这样的父亲，达格达，大家都知道你有助人之力，你会做点儿什么。"

"哦，是吗？"

"是的。你会去那里找当地人——艾里尔和梅德布，我想是——和他们谈谈。像你这样有良心的人都会这么做的。"

波特波话音落下，达格达简直无法拒绝此事了。他带去好大一帮人，随他一起和艾里尔谈判。结果艾里尔非常合作。达格达召他来，请求他把那个女孩交给自己，为了他的儿子安格斯。这个要求传到了女孩的父亲那里，结果他不合作的程度恰恰如同艾里尔合作的程度。

"当然不，"他说，"我是不会把我的女儿交给别人的，即使是安格斯也不行，当然不行。"

后来对她父亲的威胁奏效了，但是仍有一个难处：据称凯尔每隔一年就要变成野天鹅。不过，假如安格斯愿意，他可以去她将出现的湖边，他可以问她是否愿意跟他走。

安格斯蹑手蹑脚地走到湖边，正是清晨，清新的空气散发着野花和青草的芬芳。头顶的天空开阔空寂,蓝得如水;他的脚下有田野和灌木、通往彼岸的土丘以及供人和牛走的小道。安格斯站在一张复杂的蜘蛛网面前,沾在上面的小水滴勾勒出它的轮廓,他用胸膛推倒挂着蛛网的支柱;他惊着了一只岩石上的野兔,野兔被吓得跳了起来;老鹰高高地在他头上盘旋,观察他,跟踪他,它们知道他是谁。于是他来到湖边,那儿游着几群天鹅,其中一只天鹅的颈项上戴着金链子,它比其他任何一只都要美丽。

安格斯站在岸边。他伸出手臂,它们就变成了翅膀,巨大的天鹅翅膀,白色的羽毛,他变成了天鹅。她看见了他,转动她的脖颈,那是天鹅常做的动作;而他飞向她。他们一起在水面上飞起,绕湖边飞了几圈。翅膀扑打的声音是他们的心跳之声,血管里的血流之声,生命之声!他们升高,飞走了,飞向北方,他们在一起,做情人,是天鹅情侣,也是男女恋人;安格斯——爱和梦的施予者,如今却是爱和梦的领受者。蓝天下,飞舞着他们的白色翅膀;他们走了,白云带走了他们,他们走了。

天鹅。雕塑家用青铜铸造了两只真实大小的天鹅,它们仿佛就要从长满青草的土丘上飞起。它们似乎在帮助彼此腾飞,翅尖相触,颈项前伸,体态流转,跃跃欲飞。加拿大小天鹅。雕塑后面，宽阔草坪的对面便是那座房子。

这房子最妙之处在于它的位置——就在湖边。夏季，绿树掩映，房屋若隐若现，从小镇那边走来的路人，往往一点儿也看不见房子——只见绿树和树叶后面银光闪闪的水面。

"小屋很重要的一点是，"建筑师说道，"应该尽量不引人注目。我们能达到的最好效果是，穿过树丛——瞧——它突然出现在你的面前，一个惊喜。这是对周围环境的尊重。"

"是的。我们想要的就是这个，是吧？"

塞恩转向她，她点头赞同。"只要不太小，"她说，"我需要光线。很足的光线。我不喜欢过于隐蔽的建筑，太阴暗了。黑暗。不要。"

建筑师向她保证会有光线——很足的光线。"你会有垂直落下的光线，除了从大窗射进的光线——很大的窗了——你还会有天窗射进来的光线。"

塞恩说："垂直落下的光线非常美丽。"

建筑师点点头。"是的，"他停顿了一下说，"这地方会很棒的。相信我。你们将很幸福。"他祝福般地对他们微笑。但是他错了；他们住在那里并不幸福，因为小屋建成仅仅两个月后，在他们于小屋的第一个周末之旅，她便发现了他的风流事，在他们多伦多的房子里，在一个普通的星期六早晨。

她把那封信拿得远远的,就像是一件危险的物品,一个污染源。"这封信。"她说。

他坐在书桌边上,他翻阅藏书时总喜欢这么坐。他喜欢随意地从书架上抽出一本书,读几页又把它放回去,再去拿另一本。

他从书本上抬起头。他的思绪迷失在别处,并没有听见她的话。在他眼里,她只是举着一张纸,而不是他犯罪的证据。

"真是一句很好的结束语啊,"他说,"听着,无人驾驶的火车向前冲去,旅客们全都起劲地歌唱。多好的结尾。你会想……"

"这封信,"她重复说,"我在你的上衣口袋里找东西。"

她觉得她不需要解释她是无意中发现了它;她并没有搜索证据。她怎么可能做那种事?她两分钟前还没有丝毫怀疑。

"在我的口袋里……"他开腔道,却没有把话说完。

她走向他,要递给他那封信,却没成功,她不小心把信掉在了地上。他把书放在桌子上,伸手去够那封信,结果把书从桌边撞到了地上,书的封面打开了。

他没去管那本书,把信拾了起来。他把信折起来塞进衬衫口袋。

"哦……"他开腔说。他的眼睛望着地面，没有去看她。

"我猜人们仍有写那种信的需要，"她说，"一封信像一个吻，不是吗？像一种爱的行为。一种你想保存的东西。"

她看着他。他面红耳赤。她注意到，他的领子上有一小块血斑，他早晨刮胡子时轻轻地划伤了自己。如果放以前，他的血，他珍贵的血定会引起她的怜惜；现在却是反感。生理上的。

"你怎么能？"她的声音如同耳语，他或许都听不见，"你怎么能？塞恩……"

他无言以对。他不能看她，她发现了这一点。

"你本应是某种天主教徒吧。"

这话很幼稚，却是首先浮现在她脑海里的话，呼唤上帝，威胁他——这就是她想做的。她没有别的武器。教会、政权、忠诚，每一个都能表达自己对恶行的义愤。这些东西使人们在任何事情面前都可以不离不弃，当我们知道我们一无所有，没有爱时，我们便绝望地乞灵于它们。

他警觉地抬着头："那件事和这有什么关系？"

"关系大了。"

她转身走了出去。她走到厨房，打开一个抽屉，又砰地关上——毫无意义的行为，我们不知所措时的盲目冲动，却又是逃离心中恐惧的必要举动。那个女孩，只有二十三岁吧。

是她——他工作室的助手。当然是她。

她离开厨房,走进大厅。她的外套挂在衣帽架上。仍是早春时节,北方吹来一股冷风;昨天就起风了,今天风还在吹。他们说,明天风将来自南方,从美国来的暖风,会吹进加拿大。

她的车远远地停在街道的那边。这是个星期六,人们把车停在了房子旁边,没有得到主人的同意;那些人在熙熙攘攘的大路尽头购物,商店门口没有车位了。她总是嫌恶他们,但他们和她有什么不同呢,她告诉自己:我们所嫌恶的每个人在根本上和我们是一样的。

她开车去姐姐家;泪眼婆娑地危险驾驶,差一点儿在哈保德路的转角处撞上一名男子,她对他示意是她的错,她不是存心要撞死他;他对她大吼大叫,脸却因为愤怒而扭曲。因为我们对彼此残忍,她想。

她的姐姐伊摩根在家。"我正要出去……"她说着,又停了下来,"出什么事了吧?哦,上帝,出事了。有人死了?"

她想,下面的六个月,真像死亡;这样的收场。她没有再回自己的家,只是派她姐姐去取她的财物。他们通过几次电话——简洁地讨论实际的问题。他没有请求她回来,他只是说:"唉,事情已经发生了。可是,假如这是你想要的,那么……"她原本指望他请求她回来,她便有拒绝的机会,但是他没有。她想：他很有自尊，他总是如此。当然还有那个女孩；他有她了。

一贯慷慨的姐姐收留了她。她们并没有明说此事；她既然来了，留下来也是自然的事。房间是足够的；在一条安静的小街上，她的小房子有四间卧室，后面另有一个伸出去的玻璃花园房。光线透过花园里的树叶，成了绿色，照进屋内——一种有纹路的、令人平静的光。她喜欢晚上坐在那里读书，而伊摩根则过着她的社会和政治生活。伊摩根每星期和一群三十五六岁的女人打两次桥牌。别的晚上，她去参加各种会议：为阅读项目筹款的识读基金会的；审查开发计划的环保压力社团的；还有一些隐秘的帮助难民和政治犯的事业。他们组织了一个救助链，链条的最末端就是那些真正的苦难，监狱里的囚犯。"这世界真是残酷，"伊摩根说，"我们这里看不到那些。我们是幸运的。但是……"

"是的。你说得对。"

伊摩根叹了口气："而我们所能做的无非是再举行一次慈善早餐会。"

"那也不错。"

"我深感内疚，"伊摩根接着说，"深感无助。"

"你不用这样。"

她本可以投入到伊摩根的世界里，却并没有。它需要付出和信仰——这些品质她觉得自己现在根本没有。她和他在一起时,她相信;他们相信他们一起生活的世界;如今这些不存在了。

她久久地想他,反复地回忆他们关系中不正常之处,从最开始的时候想起。一定有谎言——他怎么可以对她撒谎?工作午餐一定是社交性的,一定有幽会;周末他去蒙特利尔时劝她不要和他一起去。"一次乏味的图片拍摄,仅此而已。你会觉得无聊极了。待在家里更好。"谎言,全是谎言。

她时不时看见杂志上他的作品——他是国内甚至整个北美最成功的摄影师之一,确实。这件事发生了,她迅速地翻着杂志,因为那些图片太令人心痛。这就是他的眼睛所看到的,她想。这是他,正在看着这个世界。

"这些天你找个工作吧,"伊摩根说,"我不想干涉你——你知道的——但你总不能无所事事。没有人能无所事事。"

"我有足够的钱。"

"不是钱的问题。不是。是……好吧,我不该说,你总不能傻坐着什么也不做。你总要多多少少把握你自己的生活吧?"

这些话让她流泪了,那么多的泪水,伊摩根为此自责,尽力去安慰她。讨论到最后,她终于同意了伊摩根的话,为了重整生活,她能做的第一件事是去看治疗师。

"我知道听上去有些自我放纵，"伊摩根说，"但是去看某个人确实可以帮你摆脱那样的事。它……它能清理脑子。真的。"

"找谁呢？"

"有一个住在合并区的医师。我知道不少人找过他。他们深信他，真的。"

她同意至少试一试。她从没想过有一天她竟会去看治疗师；这是别人做的事——神经质的人，不能应付自己生活的人。整天闲坐的人。我，她想。

"嘿，我去了，"她对伊摩根说，"我去找了你说的那个人。为我骄傲吗？"

"是的，确实。需要些勇气才能去呢。是的，我为你骄傲。"

她呵呵笑了。"非常简单。时间过得快极了。"她停住。伊摩根正在写一个名单，会议的名单，或者是关于某个事业要写信给他们的名单，或者是抨击某个当地政客的方案。有许多的名单。"你见过他吗？"

"从没见过。"伊摩根回答道。

"他挺迷人的。不是长络腮胡的老古板——我原本以为是那样——却是一个年轻人，健壮，有活力。"

"很好。"

"他的眼睛……眼睛里有什么。真的不同寻常。智慧——真的智慧——却有些调皮。"

"性感？"

"性感极了。"

伊摩根从她的名单上抬起头。她把铅笔放在桌上。"别，"她说，"千方别。"

"别什么？"

"你非常清楚我的意思。别爱上你的治疗师。首要原则。"

她呵呵笑了："我没这意思。一点儿都没有。我只是向你描述他，仅此而已。"

她告诉伊摩根那天的事。她说，一开始当她告诉治疗师那件事时她哭了，而他坐在那里点头。过去他听到过多少次那样的事？可能每秒钟都有病人说出同样的故事吧。爱和它带来的失望是治疗师这类人的面包与黄油。

但他对她说道："我想告诉你，我的治疗办法相当兼容并蓄。我是心理师，你知道，但是我无须对每个人都用同样的办法，而我也拿不准心理分析是否是你目前想要或需要的。我经常使用的——很多人认为它非常有帮助——是释梦。我们来瞧瞧梦，看看梦想告诉我们些什么。你听说过吗？"

"一点点。"她有一个朋友正在写关于弗洛伊德理论的论文,她曾提到过。看上去挺合理;梦能告诉我们自己真正想做的事。当然,她从没意识到这是一个特别革命性的洞见。

他接着说:"我对清醒的梦尤其感兴趣。或许我们可以从那里入手。你曾做过清醒的梦吗?"

"我不知道什么是清醒的梦。"

"很简单,真的,它和你平常的梦不一样。在正常的梦里,发生的事对你来说是真切的。你那时的体验和现实生活的体验没有不同;至少做梦时,发生的事对你来说就是真的。所以噩梦才会如此可怕——它是正在发生的真事。"

她的目光越过他移向窗外。天空之下,树叶在微风中摇动;空中飘着朵朵白云。窗台上落了一只小鸟,细腿在油漆上滑行,不一会儿他就飞走了。他也在看。

他又转向她说:"清醒的梦相当不同。在清醒的梦里,你知道自己在做梦。是的,你知道。你知道它是一个梦,这给了你很大的力量,因为你能控制事情的发展。你曾做过这样的梦吗?"

她想了一下,终于想起,她有过,只是不知道它的名称而已。有过清醒的梦——经常。

"飞。"

他感兴趣地问:"哦?"

"我做梦,梦见我能飞——我想很多人都做过吧,不是吗？当时我便知道它只是梦而已，但是我仍在飞。我想我认为我仍能飞，因为它是梦。"

他显得很满意："就是它。这表明你是一个好的对象。"

"什么东西的好对象？"

他把身体向前倾了倾，从桌上拿起一枚回形针。他把它拉直了。"我们可以用你的梦来帮助你。"他说。

她遇上了他的目光，又躲开了。她坐的椅子靠墙，她轻轻掉转脖子就看见头顶上那加了框的执照。还有一份发黄的剪报，是关于长跑比赛的一次胜利的。也有照片，老照片。棕褐色的，黑白的。有一张吸引了她——港口外，一个男人，一个女人，一个小男孩，他们的后面有一艘轮船作背景，那是很久以前的。很久以前。女人搂着男孩的肩在微笑，男孩看着旁边镜头外的某样东西。这是哪里？她看见下面的铅笔题字：哈利法克斯，1934。这么久以前。她又看了看他。他在观察她；他有友善的眼睛，她想。他非常友善。

他们认可了这个治疗方案。下面的几周里，她每周去他那里四次，他们一起看看治疗的进展。他让她一醒来就立刻记下她能想起来的这类梦。他们将讨论这些梦和其他的事情。"我们试着看看吧，"他说，"你要放松些。别担心。"

她记得几个梦，写在了笔记本上。她告诉他："我正在烧煮什么。那是一个很大的厨房，有点像我姐姐家的厨房。有人要来吃饭——是伊摩根的一个朋友,我想是。我把什么东西溅到了桌子上。恐怕就是这样。"

虽然只是片段,他却显得很感兴趣,不过他们没有讨论。下一次治疗时她说:"我梦见了我的丈夫。"

他说:"不是清醒的梦吧?"

她低头看着地面。她感到羞愧。"不是,我想不是的。他在房子里——伊摩根的房子——我告诉他,他不应该待在那里。他不理睬我。他在摆弄什么东西,我看不清那是什么。他就是不理我,我非常生气。"

他对此兴致勃勃,他们就讨论了许久。他说,这很重要,因为她丈夫的离开加速了这场危机,对她来说——这没有疑问,不是吗?——所以他在梦中的出现意义重大。她对他的情绪终于表达出来了——被抛弃的痛苦,气愤的反应——所有一切都再正常不过,表达出来是健康的。"它是一种释放,"他说,"说明你还活着。"

但他转而对她说:"我们有其他的事要做——它比仅仅分析这样意思明显的梦要有用得多。你必须在梦里和你的丈夫交流。我要你尽量去做一个关于他的清醒的梦。"

"可是我怎么能规定自己要做什么梦啊。"

"哦,你可以。我们对建议是很开放的。告诉你自己我将要梦到他,我会知道它是一个梦。告诉你自己。试一试。"

"我应该做什么呢?假如我能控制梦,我应该做什么?飞吗?"

他笑着说:"不是的。我觉得你应该让他对你说抱歉。让他在梦里对你说。"

她沉默着。她坐了一会儿,感觉到眼泪涌了上来。他没有说过抱歉。我如此爱他,我以为他爱我。但是他伤害了我,伤害了我。他却没有说抱歉。一次也没有。

"我不知道我能不能做到。"

他说:"试一试。"

开始没有成功。上床之前她命令自己做梦并且知道自己在做梦。但是她的梦都是正常的梦——意识不到平时那个自我,那个清醒的自我。她告诉他她失败了,但他说:"坚持。只要坚持。"一星期以后,她做了一个清醒的梦,而梦里的治疗方法正是她意愿中的。他在梦里,这回手里拿着相机,站在她面前。她知道尽在她的掌握之中;她可以让梦里的他做她所希望的事。但是他没有说话,她的困惑油然而生。

"已经有了很大的进步,"治疗师说,"坚持。"

什么也没有,然后一个生动的梦到来了,而且是清醒的梦。这一次治疗师也在梦里,在她的身边,握着她的手。"让他做你想让他做的事。"他对她耳语道。

她看着她的丈夫。"你为什么不对我说抱歉？"她说，"你毁了……你毁了一切。"她差点掉下眼泪。她发现自己可以忍住不哭；她能控制。

她的丈夫目光低垂。"我非常抱歉，"他说，"从一开始我就很抱歉。我不过是个男人啊。"

她转向治疗师。"你听见了吗？"她喜悦地说，"你听见了吗？他说他不过是个男人。"

"我也是。"治疗师说。然后，他出人意料地飞了起来。

下一次治疗时，她和他说了这个梦。他认真地听，听到他飞翔时笑了起来。

"我要暂且搁下这件事，"他说，"我要离开四个星期，去温哥华培训。等我回来后你再来见我，不过在此期间我要你思考这梦里所发生的事，让它在你的脑海里扎根。让它做自己的事吧。"

以后的那些天她心情不好，原来她是想念治疗了。"依赖，"伊摩根说，"你可要小心啦。"

她努力去想别的事情。她去参加伊摩根的一些会议，回来后却沮丧得很。这个世界上有那么多错误，那么多苦难，但她心中却无法产生像她姐姐那样能清楚体会到的愤怒。有时候她溜出会场，去晚间营业的书店，边喝咖啡边翻阅图书。她又开始阅读了，这是一个好的迹象，她想，我的情况在变好。

她又梦见了她的丈夫。这个梦尽管不清醒却非常生动，她透过某种窗子看着他。他站在玻璃的另一边，她打开窗子，他伸手握住她的手。他哭了。"我想要你回到我身边，"他说，"可是我不敢说。"

那天这个梦萦绕着她，她把它记了下来，想等治疗师从温哥华回来后讨论。我想要你回到我身边，她写道。

她发现自己现在对他的事好奇起来。她搬出后，那个女孩搬进来和他同住了吗？他们同居了吗？在她和他一起选定和装修的房子里？她无法回答这些问题。

有一个下午，她在她家所在的城区开车——以前她总是回避——她想，我只要在下个路口向右转，沿着那条街就到我们住的房子了。她减速。十字路口快要到了；她后面的车不耐烦地绕过并超了她的车。这名体格结实的司机一边粗鲁地看着她，一边自言自语。她没有理会他。

她已经到了十字路口，她转了弯。车很顺从地拐了弯，沿着那条街，向前。她在半个街区之外停下，在那里她能看见他们的房子。这是一个星期六的下午。他应该在家。假如她坐在车里等着，也许可以看到他出来，或许和那个女孩一起出来，在街道上散步。她的心跳加快，但是她已经决定了。

她打开收音机。车停在树荫处，车内仍是暖的，天气是那种不冷不热的季节。她在听收音机。政治家们在讨论；他们争吵，指责对方不诚实不守信。她调到音乐台，宁静的音乐，古典而节制。

她看了看手表，四点了。他经常在快五点时出门。他的散步习惯很有规律，他说像伊曼努尔·康德一样；就像柯尼斯堡的伊曼努尔·康德。她闭上眼睛，感到昏昏欲睡。

既然她在这里，她可不想睡着，她在与瞌睡作斗争。可是她困了，睡眠像毯子一样包裹了她，她坠入了梦乡。她做了同样的梦；他站在她面前，她透过窗子看着他。我在做梦，她想。这是一个梦。我在车里，这是一个梦。

她睁开眼睛，他透过车窗看着她。他站在车外，透过车窗看她。

她摸索车窗的开关。她甚至想都没想——完全是下意识的动作，窗子被摇了下来。

他把手伸给她，透过窗子。

"我想要你回到我身边，"他说，"可是我不敢说。"

她开始啜泣。他也是。他们眼含释然、悲伤和宽恕的泪水。

他会来到我的身边吗，梦神安格斯？

穿过夜之灯，悄悄地，来吧，

乘我沉睡之时，喜出望外地，来吧，
乘我困倦欲眠之时，来吧，
他会来到我的身边吗，梦神安格斯？

他会来的，我亲爱的；他定会在那个时刻到来；
你会在窗边看见他，我亲爱的，
他会在那儿——他总在那儿。

我会看见环绕在他头顶的小鸟吗？
小鸟便是他的吻。
我要相信我们每个人都可能被改变吗？
会被发现他神奇的那人所改变，
哪怕是自认为无爱的人，我要这样想吗？

是的，你定要那样想，就是那样，

当安格斯来到你身边时；我保证，
我保证是那样。

他会带给我某种解脱，某种理解吗？
他会让我心碎吗？
他会向我显示我的爱情吗？
他会给我心灵的满足，终结悲伤吗？
他会为我做那些吗？他会做吗？

梦神安格斯会做的，我亲爱的，
他会做那些；你现在就睡吧；
因为梦神安格斯轻轻掠过石楠树，
他唇上的名字便是你的名字啊，
他带来的礼物便是给你的啊；
这是真的，我亲爱的，它全是真的。

史密斯作品列表

A List of Smith's Works

《拉莫茨维小姐》

《长颈鹿的眼泪》

《漂亮女孩的美德》

《完美的汉堡包》

《快乐与蓝绫艳》

《生活收藏箱》

《爱遍苏格兰》

《蒸馏咖啡之寓言》

《南方某事》

《自由两支柱》

DREAM ANGUS: THE CELTIC GOD OF DREAMS by ALEXANDER MCCALL SMITH
Copyright © 2006 by Alexander McCall Smith
This translation published by arrangement with Canongate Books Ltd., 14 High Street, Edinburgh EH1 1TE.
Simplified Chinese Copyright © 2018 by BEIJING ALPHA BOOKS.CO.,INC.
All rights reserved.

版贸核渝字（2018）第200号
图书在版编目（CIP）数据

呓语梦中人：凯尔特神话中梦神安格斯的故事／
（英）亚历山大·麦考尔·史密斯著；陈黎译. -- 重庆：重庆出版社，2020.8
书名原文：Dream Angus: The Celtic God of Dreams
ISBN 978-7-229-14913-0

Ⅰ.①呓⋯ Ⅱ.①亚⋯ ②陈⋯ Ⅲ.①长篇小说－英国－现代 Ⅳ.①I561.45
中国版本图书馆CIP数据核字（2020）第054099号

呓语梦中人：凯尔特神话中梦神安格斯的故事

[英] 亚历山大·麦考尔·史密斯 著　陈黎 译

策　　划：华章同人
责任编辑：李　斌　王昌凤
责任印制：杨　宁
营销编辑：史青苗　刘　娜
装帧设计：潘振宇　774038217@qq.com

重庆出版集团
重庆出版社 出版

（重庆市南岸区南滨路162号1幢）
投稿邮箱：bjhztr@vip.163.com
北京汇瑞嘉合文化发展有限公司　印刷
重庆出版集团图书发行有限公司　发行
邮购电话：010-85869375/76/78转810

重庆出版社天猫旗舰店
cqcbs.tmall.com
全国新华书店经销

开本：850mm×1168mm　1/32　印张：4.5　字数：90千
2020年8月第1版　2021年7月第2次印刷
定价：39.80元

如有印装质量问题，请致电023-61520678

版权所有，侵权必究